文庫

湘南機動鑑識隊　朝比奈小雪

鳴神響一

徳間書店

目次

プロローグ

小雪(こゆき)は言葉を失った。
目の前には小雪が見たことのない物体が存在した。
それは、人間の身体(からだ)としては許しがたい形状だった。
現実の表象のある側面を強調した抽象としても考えられない。
それぞれの手足が奇妙な方向を向いていた。
美醜(びしゅう)を超えて解剖学的にもあり得ない。
ひと言で言って、無茶苦茶なかたちなのだった。
一五メートル。
垂直の落下エネルギーは強烈だ。
五階の高さを落ちると、人間は人間ではなくなるのだ。

風の中で小雪の距離感が狂った。
さぁーっと小雪の意識は闇のなかに消えていった。

第一章　機動鑑識隊の責務

1

午前五時。窓の外の南空は鮮やかなグラデションーンに染まっている。

明け空は四月には珍しく澄み切っていて、まるで冬空のような透明感に輝いていた。

水平線に近い濃いオレンジ……ヴァーミリオンの領域に、江の島が黒いシルエットになって浮かぶ。ホリゾントはローズピンクから薄い紫のモーブへと変わり、紫は徐々に青みを増していき、最後はオリエンタルブルーの藍色へと沈んでゆく。

目の前の海は明け空の色を映して、オレンジ系と紫系の複雑な色合いに染まっていた。

江の島灯台のシーキャンドルに一定間隔で輝く光はそろそろ消える頃だろう。シーキャンドルの軀体がライトアップされるのは午後一〇時までなので、いまは本来の灯台の燭光だけが明滅している。

朝比奈小雪は、ひろがる片瀬西浜の海と向こうに見える江の島の風景にすっかり心を奪われていた。自分がここでなにをしているかを忘れそうですらあった。

（やっぱり江の島の眺めはこっち側だよね）

陸地から眺める江の島は、境川河口の東西では眺めが大きく変わる。左岸の片瀬東浜や腰越方向から望むと、江の島ヨットハーバーや湘南港の存在感が大きくコンクリートの構造物が視界を占める。右岸の片瀬西浜から眺めると、異なる印象が強い。コンクリートの存在感がなく、緑の多い島と見える。

神奈川県警刑事部機動鑑識隊の江の島分駐所は、一昨日から小雪の職場となった。この執務室から眺める景色が小雪は大好きだった。

分駐所の建物と右側に建つ江の島警察署の南側の窓から見える景色は、江の島と海しかない。なにせすぐ下には片瀬西浜の浜辺しかない場所なのだ。

夜が明ければ、《貝殻亭》の灰色のいぶし瓦もここから望むことができる。

江島神社の奥津宮に続く御岩屋道通りに建つ休業中の古い旅館は、小雪の実家である。

つい先週まで小雪は川崎市麻生警察署の地域課に所属していた。新百合ヶ丘の駅前交番勤務を続けていたのだ。

鑑識への異動希望を出し続けてはいたが、本部に属する機動鑑識隊の、しかも実家の建物が見える江の島分駐所に勤務することになるとは思っていなかった。

異動に伴い、小雪は麻生警察署の独身寮を出て、実家に戻ることになった。

予算が少ない神奈川県警は独身寮の数が不足している。実家から通うことに不便がない場合は寮の部屋は確保されない場合が少なくない。

実家にいる変わり者の絵描きである父と社交的な母は大いに喜んでくれた。

鑑識の仕事は交番勤務時代に地域課員としての基礎的なことしか習っていない。

今日は小雪の機動鑑識隊での初めての当番勤務だった。異動してから二日間は横浜の県警本部での簡単な研修しかなかったのだ。分駐所の同僚たちとも昨日の朝に、あいさつしたばかりだ。

昨日の午前八時半から始まった当番勤務は、この後、午前八時半までまる二四時間続く。三交代勤務制は当番日、非番日、週休日と続く日程がセットになっている。働くのは三日に一度だが、二四時間続くので本当につらいと誰もが口を揃えて言っていた。

四時間の仮眠が取れる体制だが、実際には二、三時間しか眠れないそうだ。

興奮していた昨夜の小雪は、午後一〇時から一睡もできなかった。

午前二時に仮眠から起きてからこれといった連絡もなく、出動要請も入っていなかった。

現在小雪が勤務している執務室は、所轄なら鑑識部屋と俗称されるメンバー全員の机が並んでいる部屋だった。

窓の外の景色を見続けていた小雪は、今朝のようなきれいな夜明けは灯(あか)りを消したら見事だなとふと思った。もちろんそんなことができるわけはない。

執務室が真っ暗になったら、向かい側の机でノートPCに向かっている磯部豊一(いそべとよかず)巡査部長が大騒ぎするだろう。そうなれば現在仮眠室で寝ているほかの隊員たちは飛び起きてくるに違いない。機動鑑識隊は文字通り不眠不休なのである。

磯部巡査部長は五〇歳前後で、四角い顔でごつごつと彫りの深い顔立ちだった。

一見すると、工事現場の監督のようないかつい雰囲気だ。

しかし、見た目とは裏腹に、太い眉(まゆ)の下の目はおだやかな光に輝いていて、話し方もゆったりとしている。

第二班内のメンバーの性格もよくわからない小雪としては、とりあえず心安らかに接することができる先輩だった。

そんなことを考えていると、突然、壁のスピーカーから地域部通信指令課からの無線入電を表すブザーが鳴った。一一〇番センターからの各所属への連絡である。

昨夜から何度もブザーは鳴ったが、出動要請は一度もなかった。

江の島分駐所の出動に関係する入電は一日に数本だと聞いている。

「昨夜から珍しくヒマだったから、なんだかいやな予感がするな」

磯部は独り言のように言って顔をしかめた。

小雪は椅子から立ち上がってスピーカーからの音声に耳を澄(す)ませた。

——平塚市のマンションの五階の部屋から共同駐車場に転落した人物がいるとの一一〇番通報が五時七分にあり。現場の住所は平塚市高浜台(たかはまだい)×××番地《アクアスクエア平塚》。平塚署員は確認のために直ちに現場急行せよ。繰り返す……。

通信指令課は人物転落の事実と現場の住所を告げて、平塚署員に現場へ向かえと指示している。

転落……通信指令課の担当者は、なんとも恐ろしい言葉を口にしている。

五階からでは人命が失われたことがほぼ確実と言ってよい。

小雪が機動鑑識隊に異動して初めて飛び込んできた重大な事案だった。

一分後、机の上で固定電話の着信音が激しく鳴り響いた。

下っ端である小雪が電話を取って対応するのが職場の当然のルールだ。

「えっと……どこからの電話なんですか?」

いまの入電と関係しているのだろうが、当番経験ゼロの小雪はなにもわからない。

すべてを磯部に訊くしかなかった。

「俺が取る」

磯部はあきれ顔で小雪を手で制して、落ち着いた表情で受話器をとった。

「はい、機鑑隊江の島分駐所です。ああ、いま入電のあった件ですね。……わかりました。すぐに急行します」

　磯部はさらっと答えて受話器を戻して、小雪の顔を見た。

「通信指令課だよ。あそこには管理官が常駐している。緊急配備や緊急出動が必要な部署には、管理官の指示を電話で連絡してくるのがふつうだ。所轄や本部の鑑識では現場到着が遅くなりそうだと管理官が判断したら、機鑑隊に出動要請が入る。我々はそれに応えるために二四時間体制で勤務をしている」

　磯部は小雪の顔を見ながらさらさらと説明してくれた。

　管理官は警視なので、各部署で大きな権限を任されている。県警全体でも常駐している部署は少ないだろう。

「ありがとうございます……すみません、どう対応していいかわからなくて」

　固定電話が置かれた机の前で、つま先立ちでウロウロと円を描いていた。

「平塚の現場に出動だ。早く班長を起こしてこい」

　毅然（きぜん）とした声で磯部は指示した。

「はいっ、わかりました」

　声をうわずらせて小雪は答えた。

初めての出動要請だ。

小雪は廊下に飛び出て、数メートルほど先の反対側にある女性仮眠室に走った。

「朝比奈です、失礼します」

アルミドアを開けるなり、小雪は張り切った声を出した。

「おはよう。出動要請ね？」

小雪が所属する第二班班長の池田曜子警部補が涼しい顔で訊いた。

スチールフレームの二段ベッドの下段に腰を掛けて、ずっと起きていたようにさえ見える。

仮眠中なので、小雪たちと同じライトブルーの現場鑑識用作業服を着ていた。

「はい、通信指令課から出動要請があったようです……班長、起きていらしたんですか」

不思議に思って小雪は訊いた。

「まさか。寝てなきゃ、仮眠の意味ないでしょ。だけど、通信指令課から入電があると目が覚めちゃうんだよね」

池田班長は眉根を寄せてかすかに笑った。

　この女性仮眠室と執務室は廊下の反対側にあってかなり離れている。通信指令課の入電が聞こえたとしてもかすかな音だろう。池田班長がなぜ起きているかは、やはり不思議だった。

　面長の顔にかたちのよい高い鼻、池田班長の切れ長の目は知的に澄んでいる。日頃ひっつめている髪をきれいにスタイリングすれば、かなり引き立つ顔立ちだ。彼女は背が高くすらっとしていて、モデルのような体型だ。

　三〇代後半の池田班長のプライベートについて、小雪はなにも知らない。きっと男性にちやほやされたことも少なくないのだろう。いずれにしても警察社会には見られないタイプの容貌の持ち主だ。

　三交代制の江の島分駐所は三つの班に分かれていて、各班に班長一名と班員四名が配属されている。警察官は一五名とほかに事務職員一名が全メンバーである。

　ほかの班の人間とは当番勤務開始と終了の朝のわずかな時間に会えるだけだ。第一班の隊員は昨日朝の交代のときにちらっと顔を見ただけだし、第三班の隊員には会ったことがない。

「で、どんな現場なの？」

池田班長は小雪の目を見て訊いた。

「平塚市高浜台のマンションで五階から転落した人がいるそうです。発生時刻は五時七分だとのことです」

小雪は間違いのないように緊張しつつ答えた。

「飛び降り事案か……」

池田班長は眉間にしわを寄せて難しい顔になった。

「通信指令課は飛び降りとは言っていなかったと思います。ただ、転落と……」

聞いた内容を正確に伝えようと、小雪はきちょうめんに言った。

「でもね、こんな時間に転落事故ってまず起きない。子どもならともかく、大人となると飛び降りか、突き落とされたかどちらかだね」

池田班長は平らかな声で恐ろしいことを言った。

「突き落とされた……」

こわばった声で小雪は池田班長の言葉をなぞった。

「とにかく現場に急ぎましょう」

小雪の言葉には反応せず、池田班長は立ち上がった。

池田班長に従いて小雪は廊下を執務室に戻った。

ドアを開けると、すでに男性隊員は全員そろっていた。

磯部のほかに二人の隊員が立っていて、二人とも現場鑑識用作業服を着ている。

それほど眠そうな顔はしていない。

「あのぉ、お二人は起きていらしたんですか……」

不思議に思って小雪は小声で誰にともなく訊いた。

「こいつらが起きているわけないだろ。気絶したみたいに正体なく寝てたさ。俺が蹴っ飛ばしてたたき起こしたんだ」

太い眉を上げ下げして磯部は笑い声で言った。

「おはようっす。投身ですって。いやですよね。ジャンパーは」

三〇代後半の痩せて険のある顔つきの男が池田班長を見て口を開いた。

髪の毛は警察官としては長めのマッシュカットだ。

戸川秀也巡査部長。顔色は冴えず、なんとなくクールな感じの男だ。

つきあいは昨日の朝からのわずかな時間ではあるが、小雪はほとんど無視されている。

「まぁ、転落事故の可能性はあるみたいだけど」

池田班長は淡々と答えた。

「自殺なら刑事部の仕事じゃないんですがねぇ」

戸川は粘り着くような口ぶりで言った。

「どこの仕事なんですか」

感じの悪い戸川にも、小雪は臆せずに訊いた。

聞くは一時の恥だ。

「事件性がない限り刑事部の仕事じゃない。捜査は終了に決まってんだろ。後は遺族と葬儀屋の仕事だよ」

不愉快そうな口調で戸川は応えた。

「一方で、落とされたとなるとコトですけどね」

堅太りの三〇歳くらいの男がのんきにも聞こえるような声を出した。

その言葉を聞いた小雪の背中に冷たいものが走った。

平井正人巡査部長は、この班では小雪に歳が一番近い先輩隊員だ。

目尻が下がっていて頰がうっすらと紅く、人のよさそうな印象を受ける。

寝ていたせいか、後ろ髪がピンと跳ねている。

親切なタイプと見え、昨日の朝からロッカーや下駄箱の位置などを教えてくれた。

「その道筋を探るために、機鑑隊が出動するんじゃないの」

池田班長が静かに言った。

小雪は身が引き締まるのを感じた。

「とにかく出かけるぞ。平塚の高浜台だ」

磯部が力強い声を出した。

彼は命令する立場ではないが、このなかではいちばん歳上なので、そんな発声がよく似合う。

「了解です。一二キロくらいですね。この時間なら、緊急走行すれば三〇分掛からないで着きますよ」

ほがらかな声で平井は答えた。

「みんな行くよ」

ごく短く池田班長が命じると、全員が廊下に向かった。

機動鑑識隊に異動になってから、初めての出動が殺人事件が疑われる事案とは……。

階段を下る小雪は、全身に緊張を覚えていた。

だが、小雪はこんな機会を待ち望んでいたはずだ。人の生命が失われるような、そんな大事件の真相を追究する仕事をすることが小雪の願いであったはずだ。

（頑張らなきゃ）

小雪はひそかに鼻から息を吐いた。

2

江の島分駐所の三階建ての建物の北側、すなわち国道一三四号側は江の島署と共用の駐車場となっている。

小雪たちはいっせいに一台のトヨタハイエースに歩み寄って、前後のドアから乗り込んだ。

機動鑑識隊はセミボンネットのあるミニバンではなく、キャブオーバー型の昔ながらの箱バンを使う場合が多い。いわゆるワンボックスカーのタイプである。鑑識捜査に用いる道具が多いため、積載量の多いキャブオーバー型が好まれるのだ。

鑑識業務は覆面車両を使う必要がないので、このバンも白いボディに「神奈川県警察」という文字が記されている。ルーフには荷物積載ラックとともに緊急走行用の赤色回転灯も設置してある。緊急時にはサイレンを鳴らせる仕様になっている点ではパトカーと変わらない。

江の島分駐所には二台の箱バンがあったが、現場の状況から今日は一台で出動できるそうだ。

たとえば複数の遺体が見つかった場合など、鑑識用具をたくさん持参する場合などは二台に分乗して出動することになる。

特殊な鑑識資材を積載するような現場の場合などには、メンバーは二台に分乗する。

鑑識車は五人乗りで、平井が運転席、助手席には戸川が座っている。後部座席は池田班長を挟んで右側に磯部、左側が小雪だった。

ゆっくりと鑑識車は国道一三四号に出てゆく。

すっかりあたりは明るくなっていたが、日の出はまだだ。薄っすらと紅い陽ざしが包むマジックアワーの時間帯だった。

上下線とも走行車両はきわめて少ない。

片側二車線を活かすべく、平井は赤色回転灯を回すスイッチをオンにしてサイレンを鳴らし始めた。

これなら、先行しているクルマをどんどん追い抜いて、緊急車両に許された最高速度八〇キロで走ることができる。

道路の右側には、江の島や湘南海岸の眺望を売りにしている高級マンションが続いている。

まだ目覚めていない建物が多く、ほとんどの部屋の照明は消えていた。

左側には防砂林の松の木を通して、湘南海岸公園のコンクリート造りの広場が見えている。

「朝比奈はどこの生まれなんだ？　俺は横浜だけど」

磯部がなんの気なく訊いてきた。

「わたし、江の島生まれの江の島育ちなんですよ。いまも江の島に住んでます」

小雪は誇らしく答えた。

「へぇ、珍しいな。江の島って人が住んでるのか」

運転席から平井が背中で訊いてきた。

「住んでますっ」

思わず語気が荒くなった。

「そんなに怒るなよ」

平井が弱ったような声で言った。

「怒っていませんけど、そう言われることが多くて……生まれ故郷に人が住んでないって思われるの嫌じゃないですか」

思わず小雪は本音をぶつけてしまった。

「住人がいるのはわかったよ」

平井はこの話題を打ち切りたいようだった。

「去年の統計だと、一三六世帯二九二人が、藤沢市江の島一丁目と二丁目の居住者です」

だが、小雪はきっぱりと言いきった。

これだけは江の島人として強調しておきたかった。

「三〇〇人はいないのか……それにしても職住接近だね」

おもしろそうに磯部が言った。

「まさか、わたしが江の島分駐所に勤めることができるとは思ってもいませんでした」

小雪は明るい声を出した。

「朝比奈はずっと鑑識に異動希望を出していたって聞いているよ」

池田班長が小雪の顔を見てさらりと言った。

「そうなんですけど、希望が通ったなんてウソみたいです。専門性が高い機動鑑識隊に、刑事部の経験を持たないわたしが来られるなんて……おまけにわたしは美術大学を出てから二年間は事務職員だったので、警察官としての経験は麻生警察署地域課の交番勤務が二年だけなんですよ」

小雪は笑顔で言った。

「そうなのか？　朝比奈は警察事務職員採用Ⅰ種試験を受けたのか」

磯部が目を瞬いて小雪の顔を見た。

「生まれ育った神奈川県から離れたくないので、地方公務員の試験をいくつか受けたんです。で、なぜか警察事務だけ受かったんです」

警察事務の倍率が低かったわけではない。単なる偶然だろう。

「そうそう、朝比奈は『まもり』の記者だったんだよね?」

池田班長はそんなことを知っているのか……。

所属部署は職員台帳に記載されているので、閲覧する機会があったのだろう。

「『まもり』って広報誌の?」

磯部が首を傾げた。

「はい、採用から二年間は総務部広報県民課に所属していました。二年目からは『まもり』の記者をしていたんです。おかげで県警内部の知人が増えて楽しかったです。でも、途中から警察官になりたくなって事務職員を続けながら、警察官試験を受けて採用されたんです」

「受かったのは警察官A区分試験だな。大卒区分の」

磯部は言い添えた。

「そうです。警察学校を卒業して麻生署の交番勤務を経て、ついに今年の四月、刑事部機動鑑識隊に異動することができたんです」

喜びを込めて小雪は言った。

小雪は鑑識課員になりたかったのだ。今年度になって夢がかなったというわけだ。

「おまえは、江の島分駐所ができたおかげで機鑑隊に異動できたんだぞ」

助手席から戸川の意地悪な声が飛んできた。

「そうなんですか?」

小雪は素直な声で訊いた。

「ああ、横浜の機動鑑識隊本体と、綾瀬合同庁舎の綾瀬分駐所に加えて、昨年の四月に江の島警察署の隣に江の島分駐所が設けられたんだ」

戸川の言うとおり、機動鑑識隊には海岸通りの県警本部に存在する本隊と、綾瀬、江の島に分駐所がある。

「そう、江の島分駐所は、機動捜査隊における横須賀、平塚、小田原分駐所管轄地域に当たる地域を中心に担当することになった。つまり、横須賀三浦地域、湘南地域、県西地域の南側一部……小田原市、箱根町、真鶴町、湯河原町が管轄地域なんだよ」

磯部が補足説明をしてくれた。

「本部鑑識課や各所轄刑事課から鑑識技術を持つ警察官を引き抜いて江の島分駐所は編成された。本当はおまえの前に第二班には優秀な隊員が一人いたんだ。だけどそいつがこの三月末に個人都合で退職した。人手が足りないから、おまえみたいなド素人がやってくることになったんだ」

戸川は歯を剝きだして毒づいた。

いつも戸川はトゲのある話し方をするが、気にするのはやめよう。自分がド素人であることは間違いない。鑑識課員として初めての現場に向かっているところなのだ。

やがて背後から朝日が差し始めた。

マンション群の窓ガラスに輝く陽光の反射がまぶしく小雪の目を射た。

当番の初出動を朝日が祝ってくれている。そんな勝手な思い込みが小雪の心を支配していた。

しばらく進むと、道路の左右はすっかり松林となった。

鑑識車は防砂林帯のなかを藤沢から茅ヶ崎へと快調に進んでゆく。

相模川を湘南大橋で渡り、三分ほど進んだあたりだった。

「あの右手のマンションが《アクアスクエア平塚》ですよ」

カーナビを覗いていた戸川が、顔を上げて右側の車窓に見えるマンションを指さした。

「どっから入るんだ？　戸川さん」

　ステアリングを握る平井が、前方を見たまま訊いた。

「マンションを過ぎたところのあの交差点を右折してくれ。県道六〇八号に入ってまたすぐ右折だ。湘南海岸公園のすぐ南側が《アクアスクエア平塚》だよ。建物北側に駐車場がある。そこが現場だ」

　戸川はカーナビを凝視しながら案内した。

「え？　湘南海岸公園ですか？　鵠沼にも同じ名前の公園がありますけど……」

　小雪は間抜けな声を出してしまった。

「なんだよ、おまえ、そんなことも知らないのかよ」

　ちらと小雪を見て言う戸川の声は相変わらずとげとげしかった。

「すみません、わたし麻生署だったんで、平塚のことはよく知らなくて……」

　小さくなって小雪は詫びた。江の島育ちの小雪は、平塚にはあまり来たことがない。

「ややこしいよな。鵠沼にあるのは県立湘南海岸公園だし、ここのは平塚市立湘南海岸公園だ。どうせなら違う名前にすりゃあいいのにな」

　ステアリングを切った平井がのんびりとした声を出した。

自分をかばってくれたような気がして、小雪は嬉しかった。

戸川の案内通り、鑑識車が進むと、目の前に七階建ての《アクアスクエア平塚》がのしかかるように現れた。国道一三四号側から見ていたのとは反対側で、窓が小さい内廊下らしき場所や非常階段などが設置されている。

朝日に照らされた松林のなかの道を進み、広い駐車場に到着した。

駐車場の入口あたりにはパトカーと覆面パトカーが各一台、さらに警察のスクーターが三台駐まっていた。

奥のほうに紺色の制服を着た警察官が数名立っている。

駐車場照明灯を利用して張られた、立入禁止の境界を示す規制線の黄色いテープも見える。

だが、不思議なことに野次馬などの人だかりは見られなかった。

十数台のクルマが駐まっているものの、妙に静かな駐車場だった。

「悲惨な現場は野次馬がいないもんなんだよな」

平井がぽつりと言った。

ゆっくりとした速度で、平井は鑑識車を駐車場に乗り入れて駐めた。

全員が次々にクルマの外に出た。

隊員たちはまず頭部と両腕にビニールカバーを付け手袋を着用した。

耳まで覆う頭部カバーは、毛髪が落ちることなどを防ぎ、両腕のカバーは作業服の袖を汚れから守るためのものだ。

室内に入るときには、作業靴にもビニールカバーを付ける。

戸川がリアゲートを開けて、平井と二人で黒いボストンバッグや樹脂とアルミのケース、段ボール箱などを取り出している。鑑識用具や資材が入っていることは言うまでもない。

磯部はアルミケースから取り出した一眼レフカメラに大きめのストロボを装着している。

まわりは明るいが、状況次第ではストロボを使用するような暗い場所を撮影することもあるのだろう。何枚かシャッターを切ってテスト撮影をしている。

三人の身体の動きは素早く手早く手慣れていた。

池田班長は、防刃ベストを着けて略帽をかぶった巡査部長から話を聞いている。

パトカーで駆けつけた所轄平塚署の地域課員だろう。

カバーを付けただけで小雪はぼう然と突っ立ったままだった。

指示をもらえればすぐに動くのだが、小雪はなにをしていいのかわからなくて歯がゆかった。

「朝比奈はこれを持ってけ」

まるで小雪の内心を見透かしたかのように、平井が黒いボストンバッグを手渡してきた。

「はいっ。ありがとうございます」

救われた気持ちで小雪はバッグを受けとった。

ずしりと重いバッグには、どんな道具が入っているのだろうか。

「行くよ」

平らかな声で池田班長は命じた。

それぞれ荷物を持って、小雪たちは池田班長の後に続いて規制線テープを目指した。

立哨していた若い巡査が規制線テープを持ち上げてくれた。

小雪たちは現場に足を踏み入れた。

3

「ひでぇな」

平井がつぶやくように言った。

「え……うっ……」

小雪は言葉を失った。

視界のなかには小雪が見たことのないものが存在していた。

男性らしいがっしりしたスエット姿の胴体がうつ伏せになっている。

だが、右腕は背中方向にまっすぐ立っている。

それだけならまだしも、右足は胴体に対して九〇度右側に曲がっている。胴体に垂直に足がついているように見える。左足は右足とは反対方向に鋭角に頭の方向へと曲がっていた。

美大時代、小雪は必修であった解剖学も修めている。

人間の姿を描くために、人間の骨がどのような構造で、どんなかたちで筋肉がついているのかを、小雪は知悉していた。

目の前の遺体は、解剖学的にはあり得ぬ姿だった。

シュールレアリスムでもこのような人間の姿を描くことはない。

少なくとも、小雪はそんな絵を見たことはなかった。

ここにある遺体は、人間の計算の外にあった。

頭蓋骨は割れている。周辺に散らばっている薄いピンク色のものは脳髄であろうか。

胴体近くには、クリーム色の細長い物体がくねくねと横たわっているのも見えた。

まわりには血液なのか体液なのか、あるいは内臓組織の一部なのか、濁った液体が何ヶ所かに溜まっていた。

それはかえって遺体が人間という動物であったことの証左に思えた。

磯部がさっそくシャッターを切る音が響いた。

「よし、平井と朝比奈は散らばっている肉片や飛び散っている内臓をきちんと収集して」

池田班長は感情がこもっていない声で命じた。

「さぁ、仕事だ」

平井はバッグからゴミバサミのような道具を取り出して、元気な声を出した。

あらぬ方向に曲がっている右腕と左右の足が小雪には恐怖の源だった。

こんな絵は許されてはいけない。

どんなにデフォルメされても人間は人間でなければならない。

景色がゆっくりと遠ざかってゆく。

小雪は必死で自分の身体を支えようとした。

目の前のモンスターのような黒い影が、大きくなったり小さくなったりした。

すーっと井戸の底のような暗い世界に小雪の意識は遠のいていった。


「朝比奈、おい、どうしたんだ」

磯部に頬を叩かれて、小雪はハッと気づいた。

自分の身体が横向きにエビのように丸まっている。

どうやら小雪は気を失い、その場で横向きに倒れていたようだ。

「おまえ。頭打ったらケガするぞ」

磯部は心配そうに言った。

「どこか打ってない？」

池田班長が静かな声で訊いてきた。

あわてて小雪は立ち上がり自分がケガをしていないかを確認した。

どこも痛くはない。

「すみません……ケガはしていないようです」

文字通り、小さくなって小雪は答えた。

「ったく、素人が現場に来るとこういうことになる。今日の現場なんてぜんぜんマシだぞ」

吐き捨てるように戸川が言った。

「たしかにね、きれいなホトケさんじゃないですか」

薄ら笑いを浮かべて平井が呼応した。

「そうだよ。俺なんて初現場が夏場でさ。死後二ヶ月経ってたいたホトケだよ」

わざとらしく戸川は顔をしかめた。

「うわー、そのホトケさんがお初ですか。トラウマ級ですね」

平井は派手な声で答えた。

「そうだよ。しばらく飯がほとんど食えんかったもん」

戸川はヘラヘラと笑った。

たしかに戸川が言うような腐乱遺体を扱うとなったら、小雪もただではすまないかもしれない。しかし、こんな人間としての形状を備えていない、自然界の約束を守っていない遺体を見ればどうしたって苦しくなる。

「戸川も平井もちょっとうるさいよ」

池田班長がたしなめると、二人とも気まずそうな顔で口をつぐんだ。

「磯部、マルガイは五階の自室から転落したらしい。わたしも後から行くから、朝比奈を連れて先に行ってて」

いくぶんやわらかい声で池田班長は磯部に命じた。

迷惑を掛けている思いで、小雪はますます小さくなった。

かつて肉体であったものの収集作業は免除されるらしい。

ちなみにマルガイとは被害者を指す警察の略語である。反対に被疑者はマルヒと略称する。事件性が確認されていない現在、マルガイという言葉は正確ではない。

「了解です。部屋は所轄に訊けばわかりますな」

のんびりとした声で磯部は答えた。

「たしか五一一号室だったと思う。部屋に平塚署の地域課員と機捜が行っているって聞いてる。なんせ、殺しの可能性も視野に入れなきゃなんない現場だからね」

池田班長は目を光らせた。

「どうやら五階の鑑識も重要そうですね」

磯部は考え深い声を出した。

「そう思うよ。とにかく先に行ってて」

池田班長は口もとにかすかな笑みを浮かべた。

「わかりました。朝比奈、そのバッグを持ってけ」

磯部は小雪が足もとに放り出したバッグを指さすと、先に立ってさっさと歩き始めた。

「はい、すみませません」

あわてて小雪は、バッグを持ち直して肩に掛けると磯部の後を追った。

4

エントランスホールからエレベーターで五階に上がる。

かなり長い内廊下が続いていた。

足もとには淡いベージュのカーペットが敷き詰められていた。

外気に触れないホテルライクな内廊下はリッチな雰囲気を持っている。

制服警察官が一名、廊下の西端に近いところで立哨していた。

「おお、あそこだな」

のんきそうにも聞こえる声で言って磯部は警察官のいる部屋の方向に歩き始めた。

磯部は現場に何かがあることを予測しているのだろうか。

若い巡査が立哨しているのは、たしかに五一一号室だった。

この巡査も防刃ベストを着ているが、バイク用のヘルメットをかぶっているので近くの交番から駆けつけたのだろう。

「ご苦労さん。誰か来てるの？」

磯部は気楽な調子で部屋のなかを指さして尋ねた。

「ご苦労さまです。機動捜査隊平塚分駐所の方が二名見えています」

巡査はきまじめに答えた。

目つきのよくない五〇歳くらいの堅太り（かたぶと）の男と、三〇代くらいの痩せた男が玄関から出てきた。

二人とも「機動捜査隊」と白抜きの文字が入った黒いナイロンジャンパーを着て、左耳に受令機のイヤホンを付けている。

機捜の連中は玄関扉の横に立って小雪たちを見ると、かるく頭を下げた。

「おはよう。機鑑隊だ。江の島が飛んできた」

磯部はにこやかに言った。

「あんたらを待ってたよ。早く鑑識作業をすませてくれよ。終わるまで、俺たち、ここから動けないからね」

口もとに笑みを浮かべて堅太りの男は言った。

「あんまり急か（せ）さないでくれよ。靴カバーを付けるまで待っててくれよ」

笑いながら磯部は手早く靴カバーを掛けた。

小雪も急いで靴カバーを装着した。

磯部は玄関から住居に入ったので、小雪も後に従った。

住居に入ると、半間幅くらいの廊下が四メートルほど続いていた。白っぽい小花柄の布張り壁で床はオーク色のフローリングだった。左右に見られる扉はサニタリーやトイレなどのスペースのようだ。

小雪たちが部屋に上がると、機捜の二人はふたたび玄関まで戻ってきた。

「廊下を進んで突き当たりがリビングだよ。俺たちはそこまでしか入っていない」

年かさの機捜隊員の声が聞こえた。

「でもね、妙なモンがあるんだよ」

年かさの堅太りの男は妙な言葉をかぶせてきた。

「なんだい？　妙なモンってのは」

磯部は首を傾げた。

「俺も刑事課は短かかないけど、あんなのは見たことがない。まぁ、自分の目でたしかめてくださいよ」

若い機捜隊員はうそ寒い声で言った。

「ああ、じゃあ俺がじっくり見ることにするよ……」

担いでいたボストンバッグから磯部は樹脂ケースを取り出した。

「朝比奈は練習してないよな……ALSライト知ってる？　これだけど」

磯部は黒いシャフトの中型の懐中電灯を手に持った。ヘッド部分に水色の塗装がしてある。

「初めて見ます。どんなライトなんですか？」

小雪は目を瞬いて訊いた。

「このライトはね。ある特定の波長の光を照射して、目には見えない証拠を可視化する科学捜査用ライトだ。Alternative Light Sources を略して、ALSライトって呼んでる。メーカーにもよるけど、五段階から八段階くらいの波長の光に応じていくつものヘッドがある。ヘッドの種類によって、血液、精液、唾液、尿、骨片、足痕、指紋、繊維、毛髪、燃焼の痕跡などが見える光などを可視化できる」

磯部はしたり顔で言った。

「へぇ、そんなライトがあるんですか」

初めて接する科学捜査の世界だ。

「鑑識の秘密兵器さ。ここでは指紋や足紋を採るので五〇〇ナノメートルくらいの光を発する水色のヘッドを持つライトを使う。この波長の場合にはオレンジ色のゴーグルを掛けないと、足痕などがよく見えない。コツがいるんで今日は俺が見てその足痕の写真を撮る。カメラもこの光を写せる特殊なものだ。ちょっとそこで立って待ってろ」

磯部はゴーグルを掛けて這いつくばり、廊下の入口あたりの床を横断的に見た。

「どうやら廊下の端を歩いている人間はいないようだ。朝比奈、とりあえず廊下の端を歩いて、突き当たりのドアノブの指紋を指紋粉で採れ。そのバッグの中に道具は入っている」

磯部はゆったりとした調子で指示した。

廊下の突き当たりには床と同じようなオーク色の窓のない扉が行く手をふさいでいた。

「了解です」

はずんだ声で小雪は答えた。

ようやく仕事ができる。まずは指紋の採取だ。

機捜隊員たちは心得たもので、磯部が仕事を始めたら、さっと内廊下に退避した。

小雪はバッグの中から指紋検出セットを取り出した。指紋粉の入ったポリボトルと刷毛（はけ）、さらに検出した指紋を付着させるゼラチンシートである。

指紋粉にはアルミニウム粉末、カーボン粉末、蛍光粉、チョーク粉、ベビーパウダー、片栗粉など各種の粉末が使われる。

いま手もとにあるボトルの中身は、いちばん使われているアルミニウム粉だった。

ドアノブには肉眼で確認できない潜在指紋が付着している可能性が高い。

小雪はアルミニウム粉末を振りかける。

磯部はライトで照らしては少しずつ前進して、床に置いたカメラで写真を撮る作業を繰り返している。すごくゆっくりと進みながら廊下の写真を撮っている。

小雪は気づいた。

この作業は二人でライトとカメラを分担したほうが何倍も早く進むだろう。

磯部は小雪がＡＬＳライトに不慣れなために、指紋採取を指示したのだ。

早く一人前にライトが使えるようになりたい、そのためには練習を重ねなければと小雪は思った。

「もう少し粉は少なめのほうが、きれいに採れるぞ。そうだな、三割ほど減らしてみな」

床に顔をつけているにもかかわらず、磯部は小雪に注意した。

いったいいつ、磯部は小雪の所作を見ていたのだろう。

「あ、すいません」

小雪は肩をすぼめた。

指紋の採取法については交番勤務時代にも研修を受けている。

さらに、異動の内示を受けて三月中に、刑事部鑑識課から鑑識方法について簡単な研修は受けていた。

しかし、なんと言っても小雪には実践経験がない。

磯部に指摘されたような、指紋採取の際にアルミニウムなどの粉をどれくらい刷毛に付けるべきかは具体的にはわかっていない。

いくら刷毛や筆を使い慣れていた元美大生だと言っても、その経験はあまり役に立つものではないのかもしれない。

「まあ、気にしなさんな。指紋採取や足痕採りなんてのは、何ヶ月かやってりゃ誰でもできるようになるよ」

のんきな調子で磯部は言った。

ありがたい言葉だ。たしかに新しい筆やペインティングナイフを使い始めたときには手に馴染まず苦労する。しばらくすると、いつのまにか自然に扱えるようになる。要するにこうした指先の技術は繰り返すことが、上達へのなによりの近道なのだ。

神経を集中させて小雪は余計な粉を刷毛で飛ばすと、指紋が浮かび上がってきた。

「出た……」

思わず小雪はつぶやいた。

ドアノブには複数の指紋がありありと浮かんでいる。

ステンレスの銀色から白いアルミが渦巻きの指紋を浮き上がらせている。

小雪が初めて現場で採取した指紋だった。

いまの段階では誰の指紋かはわからない。

採取した指紋群から関係者のものを除いた指紋が狭義の現場指紋だ。犯人と思しき現場指紋が採取できているかどうかは、後々わかることだ。

だが、小雪の胸は高鳴った。

小雪は注意深く刷毛を使ってよけいな指紋粉を払い、浮かび出たいくつかの指紋をゼラチンシートに転写した。

「あの、いちおうドアノブの指紋は採りました」

小雪は台紙に貼ったゼラチンシートを磯部に見せた。

「へぇ、意外とうまいじゃないか」

じっくりとシートを眺めて、磯部は感心したような声を出した。

失敗続きの今日の勤務の中で初めて褒められた。

嬉しくて恥ずかしくて小雪の耳たぶは熱くなった。

「ありがとうございます」

小雪はちいさな声で礼を言った。

「向こう側のドアノブの指紋も採ってくれ」

なんの気ない調子で磯部は指示した。

「わかりました」

小雪は答えて、ドアを開けた。

次の瞬間だった。

小雪の目に飛び込んできたのは、想像もしないものだった。

リビングの中央には畳一枚より一回り大きいくらいのオーク調のテーブルが設えられていた。

テーブルの中央には、白い大きな丸皿が置かれていた。

皿の上にはあり得べからざるものが存在した。

グレーの丸い物体。

毛が生えている。

最初はぬいぐるみの類いかと思って、小雪はしっかりと見つめ直した。

しかし……。

白目を剝いたその姿はぬいぐるみであるはずがない。

おまけに血の臭いも漂っている。

「そんな……」

かすれた声で小雪はつぶやいた。

皿の上には一匹の猫の首が置かれている。

灰色の短毛……シャム猫だ。

胴体はどこへ行ったのか。

「あり得ない……」

ほとんど声にならない声で小雪は言った。

小雪の身体はふらふらと前後に揺れた。

(だめ、こんなところ)

またもそんな失態を見せられない。小雪は必死に自分の身体を支えようとした。

だが、小雪の意識は本人の意思とは無関係にすーっと遠のいてゆく。

ガシャガシャンと指紋採取用具が床に散らばる音が井戸の底で響く音のように聞こえた。

5

頬を誰かに平手で叩かれている。

「朝比奈、しっかりしろ」

激しい磯部の声が耳もとで響く。

一瞬、小雪は自分がどこにいるのかわからなくなっていた。

「大丈夫か、朝比奈っ」

重ねての磯部の声で小雪は両目を開いた。

リビングに入ったところで小雪は意識を失ったようだ。

ほんのわずかな時間だったかもしれない。

しかし自分の意識は完全に飛んでいた。

磯部が親切にも抱え起こしてくれている。

「すみません……わたし……」

小雪は懸命に自分の上体を起こした。

「しばらく休んでろ」

磯部はそう言うと、右側のドアを開けてドアノブにカメラを向けた。

「え？　わたし？」

口の中が酸っぱい。

「おまえ、そこの洗面所でうがいしてこい」

厳しい目つきの磯部が硬い声で言った。

「わたし吐いたんですか?」

ようやく立ち上がった小雪は驚いて訊いた。

「ああ……倒れるときにな」

暗い声で磯部は答えた。

あわてて首を曲げて、自分の作業服の襟ぐりを確認した。

残念ながら左側が汚れている。

意識を失った際に嘔吐（おうと）したのは間違いないようだ。

まわりを見まわしてみると、リビングの床に嘔吐物が二ヶ所ほど溜まっている。

なんということだ。

「すみません。わたし、とんでもないことを……」

最悪だ。こんなに恥ずかしい思いをしたのは人生初めてだ。

恐ろしいことだ。保存しなければならない現場を汚してしまったのだ。

「とにかく、洗面所に行ってこい。俺がドアの指紋を急いで撮影しといたから入っても大丈夫だ」

苛立（いらだ）ったように磯部は命じた。

「はい、すみません」

必死に小雪は廊下を玄関方向に戻り始めた。

「洗面所の水栓のレバーはまだみてない。ハンカチなんかで覆って使えよ」

背中から磯部が険しい声で注意した。

右側のドアを開けてトイレに飛び込んで、小雪はハンカチで蛇口を包んで水を出した。

うがいをしてから、懸命に作業服を水道水で浸した。

「機鑑隊さん、困るよ。現場を汚されちゃあ」

扉の外から機動捜査隊らしき男の声が聞こえた。

「すまん、すまん。現場らしい現場が初めてなものだから。新人なんだ」

磯部はやわらかい声で言い訳している。

「新人なら、もっと訓練を積ませてから現場に出してくださいよ」

やや若いほうの男は皮肉っぽい声で難じた。

「ああ、申し訳ない」

磯部は素直に謝った。

小雪は顔中が熱くなった。

自分の失敗を、磯部という大先輩は一所懸命に謝ってくれている。

いったい自分は磯部にそんなに大事にしてもらえるような人間だろうか。

「お、班長。下は終わりそうですか」

磯部の明るい声が響いた。

池田班長が上がってきたのだ。

小雪は一段と緊張した。

「かなり広範囲に散らばってるから、まだまだ掛かるね。こっちのようすはどうかなと思ってね」

あっさりとした声で池田班長は言った。

ますます小雪は身を硬くした。

「実は朝比奈が失敗しちゃいまして……床に吐いちゃったんですよ。そこのリビングに切断されたネコの生首がありましてね」

磯部の声はいくらか笑いを含んでいるようにも聞こえる。

「へぇ。珍しいもんがあったのね」

いくぶん驚いたような声で池田班長は答えた。

「それに驚いたんですね。たぶん迷走神経反射ですよ。すみません、俺のサポートが悪くて」

情けない声で磯部は謝っている。

小雪は胸が震えた。

悪いのはすべて自分なのに、磯部は自分に責任があるように言っている。

「そう……ま、本格的な現場は初めてだからね」

池田班長は静かな声で答えた。

班長は係長と同じで警部補の階級となる。機動捜査隊の二人は池田班長には苦情を言わず、黙っていた。

「で、朝比奈は？」

さらりとした声で池田班長は訊いた。

「いま洗面所でうがいしてます」

磯部の言葉に、小雪は緊張した。

「朝比奈、出ておいで」

仕方がない。いつまでも洗面所に逃げているわけにはいかない。

小雪はサニタリーの扉を開けて、廊下に出た。

「申し訳ありません。何回もご迷惑をおかけして」

身体を深々と折って、小雪は懸命に詫びた。

「仕事にならないでしょ。朝比奈は鑑識車で休んでなさい」

ほとんど感情のこもっていない顔で、池田班長は言った。

「わかりました」

しょげた声で小雪は答えた。

「じゃ、これ」

池田班長は鑑識車の鍵を差し出した。

「鑑識車に戻ります」

鍵を受け取った小雪は踵（きびす）を返した。

「お疲れさまです」

立哨している巡査が声を掛けてきた。

「どうも」

冴えない声で答えて、小雪はエレベーターに向かった。

一階に下って建物の外へ出ると、戸川と平井はかなり離れた場所でゴミバサミを使っている。

遺体そのものはブルーシートで覆われて見えなくなっていた。

戸川や平井は遺体のまわりに散らばっている肉片などの組織を証拠収納袋に集めているのだ。

二人は気づかないのか、小雪のほうに顔を向けることなく作業を続けた。

鑑識車のドアを開けると、小雪はなだれ込むように後部座席に座った。

作業は数段早く進むだろう。

池田班長は、小雪を使えない人間と判断したからこそこのクルマに戻したのだ。

事実だから仕方がない。間違いなく自分は使えない鑑識課員だ。

隊員たちの前で気を失ったり吐いたりしたことよりも、はるかに恥ずかしく悲しいことだった。

そのことを考えていたら小雪の両目から涙があふれ出た。

三〇分ほどして、すぐ隣に神奈川県警察と記された白いワンボックスカーが滑り込んできた。

所轄平塚署の刑事課鑑識係と見える現場鑑識用作業服姿の警察官が数名降りてきた。

それから一時間半ほど、小雪は黙って泣き続けていた。

こんなに情けない経験は過去の小雪の記憶になかった。

6

八時過ぎに第二班のメンバーは江の島分駐所に戻ってきた。

帰り道でのみんなの会話からわかったが、作業は途中から平塚署鑑識係に引き継がれたそうだ。

収集した証拠も平塚署の鑑識係が持ち帰ることとなった。

遺体は平塚署が預かっているが、司法解剖に付される予定だそうだ。

猫の死骸が見つかったことから単なる事故とは考えにくくなった。

死亡したあの部屋の住人は、小平季夫（こだいらすえお）という男だと明らかになった。

小平は四七歳。バーチャルオフィスやコワーキングスペース事業を行う、港区に本社のある《オフィス・ワンサイド》という企業を経営していた。

会社の経営状態などを調べるのはこれからだが、追いつめられていたとすれば自殺であった可能性も高い。

遺体から薬物が検出されれば、奇矯な猫の生首の件も明らかになるかもしれない。

薬物によって精神状態がおかしくなった小平が、猫を殺してから飛び降りたという推測は成り立ちうる。

しかし、一方であの猫は、小平に恨みを持っている者によって殺されたと考えることも可能だ。そして小平は突き落とされたおそれもある。

ちなみにあの猫の胴体部分はバスルームで発見されたそうである。

かなり大きな現場だったので、第二班全員が疲れ切っていた。

せめてもの罪滅ぼしに、小雪は隊員全員にお茶を淹れた。

お茶を淹れると、小雪はなにをする気にも口を利く気にもなれずにただ座っていた。

池田班長は自分の席に座って書類を書き続けている。

「まったく、現場を汚すとか鑑識としてあり得ない。俺はこの江の島分駐所に来て、今日ほど腹が立ったことはなかったよ」

戸川が眉間にしわを寄せて吐き捨てるように言った。

「まぁ、朝比奈は初めての大きな現場だったから」

平井は気の毒そうな目で小雪を見ている。

気持ちはありがたいが、平井の言葉は小雪の救いにはならなかった。

あと一〇分ほどで勤務が終わるのが唯一の救いだった。

廊下側の扉が開いて、ジャージやスエット姿の男たちが次々に入ってきた。

「おはようございます」

退勤時間になる前に、今日の日勤に当たる第三班のメンバーが次々に出勤してきた。

あいさつをしてから出退勤管理システムで出勤の手続きをしている。

すぐに更衣室に向かえばいいのに、彼らは第二班の連中と雑談を始めた。

「みんな疲れた顔してますよ」

「出動あったんですか」

「お疲れさまです。どんな現場だったんですか」

小雪は耐えられなくなって廊下に出た。

とりあえず廊下の端の自販機コーナーに逃げた。

さすがに恥ずかしいので涙はこらえたが、小雪のうつうつとした気持ちは消えなかった。

ゆったりとした歩みで磯部が入ってきた。

磯部は自販機に硬貨を入れてボタンを押した。

ガコンガコンという音とともに缶コーヒーが落ちてきた。

「当番明けの眠気には缶コーヒーでも少しは効くな」

近づいてきて隣に座った磯部は、両手に持った缶コーヒーの内のひとつを手渡した。

「あ、いただきます」

小雪は頭を下げてあたたかい缶コーヒーを受けとった。

「あのな、戸川が怒ったり機捜のヤツらが文句を言うのは仕方がないんだよ。たとえばあの五一一号室には小平以外の誰かの指紋や足痕は残されているのか。もし誰もいないのであれば自殺の公算が高いわけだ。一方でほかの者の指紋や足痕があるのなら、その者が犯人かもしれないだろ。五一一号室には複数の足痕があったよ。犯人かどうかはわからないが、大人の男女の足痕だ。指紋は複数採取されているので、これから平塚署は大変だな」

磯部はあっさりとした口調で重要な事実を話してくれた。

「そうなんですか」

小雪は磯部の彫りの深い顔を見て言った。

「現時点で刑事部が自殺と判断するか、事件性を見出すかはわからない。事件となれば平塚署に捜査本部が立つことになるだろう。まずはそれを決めるために、我々は証拠を収集する。現場で採取した証拠が、捜査の先行きを決める可能性は高い」

磯部は小雪の目を見て言った。

「わたしはなにひとつ役には立たなかったわけですが……」

元気なく小雪は肩をすぼめた。

「少しは指紋を採っただろ」

茶目っ気のある声で磯部は言った。

「そんな……」

小雪はさらに小さくなった。

「な、機動鑑識隊はなんのために存在しているのかな」

磯部は基本的な質問をした。

「なんのために、ですか……」

小雪はすぐに答えられなかった。

「本部にも鑑識課は存在するし、各所轄の刑事課にも鑑識係はある。だが、その手は足りていない。当直中に鑑識係員が一人もいない夜も珍しくはない。殺人、傷害致死、強盗などの重要な事件ではとにかく迅速性が要求される。時間が経過すると証拠はどんどん散逸（さんいつ）してゆく。たとえば、降雨があれば現場に流された血液なども消え去ってしまう。時間の経過に伴って足痕や指紋などもどんどん証拠能力を失ってゆくんだ。機動鑑識隊は時間に関係なく、二四時間の高度な鑑識作業を可能にしている」

磯部の説明はわかりやすかった。

「だからこそ、機動鑑識隊は三交代制の勤務体制をとっているんですよね」

小雪は三交代は機鑑隊の大きなメリットだと考えていた。

「その通りだ。現場でどれだけ証拠を集められるかがのちの裁判の勝負の鍵を握っているんだ。九九パーセント犯人だと考えられる人物がいたとしても、証拠がなければ訴追（そつい）できない。仮に起訴しても有罪にはできない。犯人を最後に追い詰めて刑務所に送るのは、俺たちが集めた証拠なんだよ」

重々しい調子で磯部は言った。

「証拠が犯人を最後に追い詰める」

小雪は低くうなった。

自分が鑑識を志望し、江の島分駐所に異動してきたのは、まさにこのためだ。友梨香の父の件が理由なのだ。

もっともあんな失敗の後で、そんなことを口にできるわけもない。

「日本は法治国家だ。法により国民は治められる。犯罪を行った者は厳格な手続きに則った裁判で裁かれる。その厳格な手続きをデュープロセスと呼んでいる」

磯部ははっきりとした口調で言った。

「公務員試験の勉強をしているときに出てきた言葉のような気がしますが、あまりはっきり覚えていません」

小雪は素直に言ったが、磯部はおだやかな顔でうなずいた。

「デュープロセスとは法の適正な手続き、適法手続きを言う。適正な手続きを守られなかった人間は決して罰を受けることがないという重要な原則だ」

やわらかい顔つきで磯部は言った。

「国民がおかしな力によって罰せられないということですよね」

権力者の勝手で不公平に国民が罰せられるような国家は絶対に困る。

「そうだ。もっとはっきり言えば、日本国民の人権を守っている大きな原則だ。それで、この原則を実効ならしめるもののひとつは我々が収集する証拠なんだよ。『証拠なきところに刑罰なし』だ」

もう一度、重々しい調子に戻って磯部は言った。

まさに鑑識の神髄に触れる言葉のように小雪には思えた。

「そうなんですね」

「だから、証拠を毀損することにつながる行動には、みんな腹を立てるわけだよ」

磯部は眉根を寄せた。

「なんていう過ちを犯してしまったのか」

小雪は唇を噛んだ。

だが、磯部は首を横に振った。

「今日のことは朝比奈の意思によるものじゃない、単なる身体反応だから仕方がない。

だが、朝比奈も鑑識課員である限りは証拠の重要性をきちんと理解してくれ」

磯部は一言一言に力を込めた。

「じゅうぶんわかりました」

小雪ははっきりとした声音で答えた。

「じゃあ、よし。班長にきちんと謝ってから帰れよ」

あたたかい声で磯部は言った。

「わかりました。今日は本当にありがとうございました」

小雪は心を込めて言った。

「ああ、気をつけて帰れ」

やわらかい声で磯部は言った。

「失礼します」

深く身体を折って小雪はその場を離れた。

執務室に戻ると、池田班長の姿はなく、交代要員が談笑していた。

壁の時計は八時半をまわっている。

「しまった」

小雪は女子更衣室に池田班長の姿を探した。

更衣室に入ると、すでにライトグリーンのスプリングコートとデニム姿の池田班長が立っていた。

「班長、本日は本当に申し訳ありませんでした」

小雪は深く身体を折った。

「早く慣れることだね」

無表情で、池田班長はさらっと言った。

「自分は鑑識に向いていないと思いました」

本音の言葉が口をついて出た。

「鑑識には向き不向きがあるよ。だけどね、刑事警察のなかで重要なパートを担うのが鑑識の仕事だよ。向いていない人間は鑑識はやめたほうがいい」

池田班長は厳しい口調で言った。

「ほかの仕事のほうが向いているのではないでしょうか」

自信のない自分を小雪はさらけ出した。

「あんたね、今日初めての大きな現場でしょ。そんなに早く自分を見限るもんじゃない。自分を見限るとき、他人を見限るときはよっぽど何度も検討をしてからよ」

　池田班長は淡々と言葉を続けた。

　だが、彼女の目は決して冷たいものではなかった。

「はぁ……」

　どう答えてよいか小雪にはわからなかった。

「まぁ、帰ってゆっくり寝ることだね」

　表情を変えずに池田班長は言った。

「わかりました。お疲れさまでした」

　小雪は頭を下げた。

　池田班長は、表情を変えずにそのまま出ていった。

　手早く着替えて小雪は江の島分駐所を後にした。

　国道一三四号の歩道を江の島方向に歩いてゆくと、片瀬江ノ島駅入口あたりからパームツリーが増えてくる。江の島大橋と弁天橋が近づいたなと実感する。

　早い時間なのに、すでに観光客の姿も見えて、歓声を上げたり写真を撮ったりしている。

小雪の家はこの先の江の島弁天橋を渡って島内に入った先だ。
このあたりまで来ると、少しは家に帰った気分になってくる。
だが、潮風の中で、今日は磯部や池田班長の言葉が頭の中をぐるぐると巡っていた。
小雪の初当番は苦い気持ちで終わったのだった。
だが、小雪は先へ進もうとこころに誓っていた。
鑑識はやはり素晴らしい仕事に違いない。
それを教えてくれた磯部に小雪は感謝していた。
自分を見限るなと言う池田班長の言葉も胸に刺さっていた。
早春の江の島の潮風が小雪の身体を駆け抜けていった。

7

やはり、その絵は圧倒的だった。
オーカーやらブルーやらピンクやらライトグリーンやら……激しい線が自在に延びる。

さらに協調できるかできぬか難しい強烈な黒い線が描かれる。

全面的な激しさの向こうに不思議な静謐を感ずる。

この色と線を描くために、画家はどれだけの苦労を重ねてきたのだろう。

胸の鼓動が激しくなる。

（久しぶり……会えて嬉しいよ。でも、やっぱり苦しいほどすごい。ね、わたし大失敗しちゃったんだ。あなたならいまのわたしの苦しみをわかってくれるよね）

小雪は、心の中でこの絵に語りかけていた。

東京駅にほど近いアーティゾン美術館だった。

初当番の二日後の週休日に、小雪はどうしてもこの絵に会いたくなって東京までやって来た。

二〇二一年の四月に初めてこの絵に触れた。

あれから何度も見に来て、いくつかの季節が過ぎた。

二メートル四方くらいのカンバスに描かれた油彩画である。だが、サイズをはるかに上回る強烈なパワーを持ったその絵は、またも小雪の心を大きく震わせた。

三年前、ここで開かれた展覧会の大きなポスターでこの絵に惹かれ、実際に見て心を射ぬかれた。

オランダ出身のエレイン・デ・クーニングの作品である。彼女が一九五九年に描いた《無題（闘牛）》というアブストラクト（抽象画）だ。

エレイン・デ・クーニングという女性が、この絵にどのような意識を込めてなにを表現したかったか、小雪なりの考えはある。

エレイン・デ・クーニングは一九五〇年代の抽象表現主義とアメリカ比喩表現主義運動の両方の主要人物として知られている。彼女はリアリズムから抽象画まで豊かでさまざまな表現の絵を描いた。

ナショナル・ポートレート・ギャラリーは歴代合衆国大統領の肖像画を収蔵するが、ジョン・F・ケネディを描いたのは彼女だ。それまでの肖像画とは異なり、緑系の背景を抽象画のごとく描いている。目の前のこの絵と同じように決まり切ったスタイルを感じない。

小雪がもっとも感銘を受けた彼女の言葉は「スタイルは私がいつも避けようとしてきたものだ」というひと言だ。自分もクーニングのように、決まり切ったスタイルを避けて生きていきたいと願っていた。

洋画家、朝比奈秀岳(しゅうがく)……父は現代美術展の理事でもある日本有数の絵描きだった。

おもに具象画……とくに風景画が得意で、父の作品は個展を開けば片っ端から赤札がついてゆく。そんな人気画家だった。

「大人になったら小雪は絵描きになるんだな」

子どもの頃から小雪が絵を描くと目尻を下げて父は喜んだ。

だから、絵描きを志そうと思った。

美大受験の準備をしたら、さしたる苦労もなくもっとも難易度の高い洋画科に入学できた。

しかし、多摩地区にある美術大学でともに学ぶ同級生たちは、誰しも怪物のように絵が上手だった。圧倒的に筆の力を持っていた。

日に日に自分の画筆の腕の拙(まず)さに失望して、小雪は絵描きの道をあきらめようと思った。

父が巧みな技を持っていたことも大きな理由だった。

自分は父には遠く及ばない。

小雪には絵はわかる。美はわかるのだ。

その美を表現するだけの筆の力に恵まれていないことがはっきりしてきた。

自分は色と形には人一倍の識別能力や把握力がある。

簡単に言うと、小雪はプロの絵描きになるにはあまりにも不器用なのだ。

二年間洋画を描いて、三年に進むときに小雪は洋画科から芸術文化学科に転科した。

絵描きになることをあきらめて、美学を学ぶ道に鞍替（くらが）えしたのだ。

父はがっかりして半月ほど失踪してしまった。

小雪はかなり心配したが、帰ってきた父は『いい景色がスケッチブックに二冊も溜まった』とホクホク顔だった。

美術史の学芸員資格も取得したが、大学を出て美術館や博物館等には採用されなかった。

どうやら、就職試験の際に小雪が自分の考えを曲げずにそのまま主張したことがいけなかったようだ。

試験なのだから、すべての質問に対して教科書的な回答をすればいいのだ。

それにもかかわらず、小雪は視覚文化論的な観点から高級な作品と低級な作品とを種別する基準があいまいであると力説しすぎてしまったようだ。つまり、美術作品の価値基準がきわめて相対的になってきている事実にこだわりすぎたのが採用されなかった理由だろう。

ピカソと現代日本アニメの本質的相違はないという価値基準を、採用試験で述べるべきではなかった。

生きてゆくために、所得を得るために公務員試験を選んだ。

結果として警察事務職員として社会人生活をスタートすることになった。

一年半ほど経った頃、幼い頃からの親友である友梨香の父が殺害されるという事件が大和(やまと)市で発生した。

小雪はショックだった。

しかも犯人の見当はついたものの、大和署刑事課の力不足で、犯人を送検しても起訴できないという事態が起きてしまった。

その事実を広報誌「まもり」の記者として知り合った捜査一課の知人から聞いて、小雪はもう一度大きなショックを感じた。

さらに知人は、公判を維持できるか否かは刑事課が収集する証拠如何(いかん)に関わっている、そのなかでも鑑識が収集する証拠は重要だと語った。

もちろん友梨香にはそんな内部事情を話すことはできない。罰される者のいない彼女の苦しさを聞くことしかできなかった。

小雪は鑑識課員として重要な証拠を集める人間になりたいと思った。

世にはびこる悪人を証拠の力で追い詰める。

もしかするとそこに自分の色や形を識別する能力が役に立つかもしれない。

警察官になることが決まったときにも、この絵にその喜びを伝えに来たのだった。

しかし、今日はこのエレイン・デ・クーニングの絵に誓いを立てに来たのかもしれない。

どんなに恥ずかしいことがあっても、どんなに苦しいことがあっても小雪は鑑識の仕事をあきらめない。

新たな誓いを立てて小雪は展示室を後にした。

第二章　死因へのこだわり

1

小雪が機鑑隊江の島分駐所に来てから一ヶ月半が経ち、江の島内の木々も新緑を迎える季節となった。

ゴールデンウィーク中も、ふだんとなんら変わらない三交代勤務を続けた。

四月頭のような大失敗をすることはなく、小雪は現場の仕事にこつこつと取り組んできた。

指紋や足痕の採取作業については、意外と小雪の評判はよくなってきた。

磯部ばかりでなく平井も器用さを認めてくれるようになった。ときには池田班長からも肯定的な評価を与えられた。

いつの間にか小雪は所内で「手先が器用な新人鑑識」とみられるようになったのだから、不思議なものだ。

鑑識としての基本で重要な業務だけに、小雪は勤務に対する意欲が高まりつつ五月を迎えた。

油彩画を描いていたときには自分は不器用だと思っていたが、そうとばかりは言えないようだ。

そのせいばかりでもないだろうが、機鑑隊に異動してから体調を崩すことはなく、一度も休まずに勤務を続けてこられた。

あの平塚市高浜台の事件は、殺人事件である疑いが高くなった。

決め手となったのは、《アクアスクエア平塚》内には、被害者の小平季夫と同居している長男以外の指紋が見出せなかったことだった。

長男は沖縄旅行中で完璧なアリバイがあった。

例の猫の死骸の周辺……リビングのテーブル上には小平のものも含めて、いっさいの指紋がなかった。

つまり、入室した何者かが指紋を拭き取ったと考えられ、その人物が小平をベランダから突き落とした犯行だった可能性が高いのだ。

平塚署に立った捜査本部では現在六〇人体制で捜査を続行中だった。

結局、あの事件では機鑑隊が収集した証拠が自殺の線を排除し、殺人事件の捜査本部を開設する決定的なきっかけとなったわけである。

このようなケースはそれほど珍しくないのか、池田班長も淡々と続報を知らせた。また、磯部を始めとするメンバーも喜びに沸くようなことはなかった。

第二班の当番日である今日は、小雪が班員たちの夕食を持ち込んでいた。

隊員の勤務時間は午前八時半から二四時間続く。

隊員は朝食は自宅で取って来るが、昼食と夕食は分駐所かその周辺で食べるしかない。

江の島分駐所の周囲は観光地である。美味しいレストランも少なくないが、観光客向けの店ばかりだった。

恋人たちが江の島を眺めながらグラスを傾けるトラットリアに、現場鑑識用作業服を着たむくつけき男たちが食事をしているのではムードはぶち壊しだ。

いや、小雪や池田班長でも同じことだろう。背中には黄色い文字で《神奈川県警MFU》と記されているのである。デートや家族団らんの場にふさわしくないことは言うまでもない。

ＭＦＵは“Mobile Forensics Unit”つまり機動鑑識隊の略称である。だが、小雪にはどうも金融機関か国際機関のように思えて仕方がなかった。たとえば、国際通貨基金はＩＭＦだ。

結局、隊員たちは昼夕ともに片瀬江ノ島駅近くにある《あすなろ》という店から仕出し弁当を取っていた。《あすなろ》の弁当は、そこそこ美味しく、メニューも多い。季節の弁当も用意されているうえに手頃な金額で重宝していた。

隊員の注文取りと会計は、小雪が率先して行っていたが、たまに平井が代わってくれた。

だが、仕出し弁当というものはどんなに美味しくても飽きが来る。飽きても食べなければならないわけだが、小雪はたまにはほかのものを食べたかったし、皆にも食べてほしかった。

そこで小雪はカレーを実家で調理してくると提案した。

持ち込んだ炊飯器でごはんは炊ける。

食器は紙皿などの使い捨てを使えばいい。

三日前の当番明けに提案したところ、隊員たちは諸手を上げて賛成してくれた。

平井は会計を受け持つと申し出た。隊員たちからは実費をしっかり取ると張り切った。

「おまえ、料理なんかできるのかよ。集団食中毒なんてことになったら笑えねえぞ」

毒舌の戸川は鼻にしわを寄せて笑ったが、反対はしなかった。

誰もが仕出し弁当には飽き飽きしていたのだろう。

ふだんは徒歩で通勤している小雪だが、今朝は母が実家の軽自動車を出してくれた。

おしゃべりな母と隊員たちを会わせたくなかった。家での自分のことを隊員にあれこれ喋られることは避けたかった。母には荷物を下ろすときだけ手伝ってもらって、荷物は小雪一人で給湯室まで運んだ。カレーは鍋ごと冷蔵庫にしまった。

実を言うと、ここのところ一ヶ月ほど小雪は牛すじ料理に凝っていた。

非番や週休日には、藤沢駅近くの精肉店まで新鮮な牛すじを買い込みに行き、実家で料理することに熱中していたのだ。

そもそも小雪は料理にこだわりを持っている。

と言うよりなにごとにもこだわる性質なのだ。

牛すじとは牛のアキレス腱部分や腱のついた肉の部位のことだが、肉質は硬く独特の臭みを持つことからプロ専用の部位というイメージがある。

だが、下処理をきちんとこなし長時間煮込めば、臭みもなくトロトロのあの食感が楽しめる。

しかも糖質はゼロでとてもヘルシーな食材なのである。

牛すじは水で洗って表面の汚れを落として水から茹でる。長ネギの青い部分やショウガとともに茹でれば臭みも消える。いちばん大事なのはアク取りをしっかりやることなのだ。

調理のコツを覚えた小雪は、煮込み、フォー、おでん、肉じゃがと何種類かの牛すじ料理に挑戦した。

父と弟が実験台だった。

「えーっ、牛すじかよ」

弟は聞いただけで顔をしかめた。

「俺は牛すじなんぞという品のないものは食わん」

父は鼻からふんと息を吐いた。

最初は難色を示していた二人だが、いまでは小雪の料理を待つようになった。そこにいくまで小雪は二〇回くらいは牛すじ料理を作った。

今は専業主婦で、ふだん食事の用意に追われている母は、料理を小雪がやることに当然ながら大歓迎だった。

今日の夕食には、自信がついた牛すじカレーを第二班のメンバーにも味わってもらいたかったのだ。

市販のルウは使わない。スパイスは自分でミックスしたオリジナルだった。

幸いにも今日は通信指令課からは重大な事件の入電はなかったし、夕方以降に出動要請は入っていなかった。

小雪は何度か給湯室に足を運び、牛すじカレーライスの支度を調(ととの)えた。

夕食時間は休憩時間に設定されている。江の島分駐所の夜の休憩時間は午後八時からなので、執務室の窓はすっかり宵闇(よいやみ)に包まれていた。

江の島シーキャンドルは灯台が明滅している。

配膳は平井が手伝ってくれることになった。

どうやら皆に先んじてひと口だけ味見をしたかったようだ。

給湯室で小皿にカレーソースを入れて口もとに持っていった。

「なにこれ、最高じゃん。朝比奈はカレー屋になれるな」

手放しに平井は褒めてくれた。

「えへへ、けっこうお稽古したんです」

さすがに嬉しく、小雪はだらしない声を出してしまった。

二人で紙皿と鍋や炊飯器を執務室に運び込んだ。

紙皿やプラスプーンは、それぞれの隊員が座っている机にひとつずつ置いていった。

江の島分駐所は三交代勤務なので個人の机というものはない。割り当てられたものを他班の人間と共用している。

並べた皿に飯をよそう作業は、平井が担当した。

最後に火入れしたカレーソースを、小雪が白飯に掛けていった。

今日は池田班長は年次休暇を取得していた。

よくはわからないが、急に休みを申請したらしい。

今日の管理者は蜂須賀正雄隊長補佐が交代していた。

機鑑隊江の島分駐所のトップで階級は警部である。

通常、所轄では課長級、本部では課長補佐の警部は現場には臨場しないが、蜂須賀隊長補佐は第一班の班長を兼ねていて現場にも出動する。

配属されている全員の警察官が鑑識課員で、三交代勤務という分駐所の特殊性によるものなのだろう。

江の島分駐所のメンバーは隊長補佐を略して「補佐」と呼んでいる。トップが補佐なのはおかしな話だが、本隊の機動鑑識隊長は県警本部に勤務する警視なのだから仕方がない。ちなみに警部階級の者は、神奈川県警では中隊長とも呼ばれる。

小雪はまだそんなに多くの回数は会っておらず、蜂須賀補佐の前では緊張する。

瓜実顔の蜂須賀補佐は目鼻もこぢんまりとしていておとなしい感じの容貌で威圧感はない。

喋り方もおっとりしていておだやかだ。おまけに誰に対しても丁寧語で話す。髪はかなり白いものが目立つが、年齢は五六歳と聞いている。

警察官というより中学校の校長先生というイメージだ。

磯部の話では大変に尊敬できる鑑識マンということだ。

やはり小雪としては緊張せざるを得なかった。

「では、頂きましょう」

蜂須賀補佐はゆったりとした口調でスプーンを取った。

小雪はこくりとお辞儀した。

「池田くんは、悔しがるでしょうねぇ。本当に美味しいです」

一口食べた蜂須賀補佐は目を丸くして機嫌のよい声を出した。

「ありがとうございます」

頬をほてらせて小雪は礼を述べた。

「ほんとですね。なんといってもこの牛すじがいい。池田班長にも食べて頂きたいですね」

軽い声で磯部が呼応した。

「本人がやりたかったらの話ですが、朝比奈くんにはまたカレーを作っていただきたいですね。池田くんにも食べさせてあげたい」

やわらかく蜂須賀補佐は言った。

「はい、ぜひ、また用意させてください」

張り切って小雪は答えた。

「朝比奈は料理の腕は悪くないな。いっそ、ここやめてカレー屋になったらどうよ。得意な料理で生きていったほうが人生楽しいぞ」

戸川はヒヒヒという感じの悪い声で笑った。

一ヶ月半が経ち、戸川のこうした嫌味は気にならなくなった。

それに、言葉数が多いときは、戸川の機嫌は悪くはないことに小雪は気づいていた。本当に機嫌が悪いときには、戸川はむすっと黙り込んでしまうのだ。

少なくとも牛すじカレーは気に入ったようである。

「自分でもカレー屋になろうかと思っているんですよ」

調子に乗って言葉を返すと、戸川はむすっと口を結んだ。

小雪自身も今日はいい味に仕上がったと満足していた。

「いや、今日ほど二班であることの幸せを感じたことはない。おかわりいい?」

平井は目尻を下げて訊いてきた。

と言うか、立ち上がってすでに鍋の前に歩み寄っていた。

「どうぞ、まだまだたくさんありますよ」

小雪は元気な声でみんなに呼びかけた。

執務室にはなごやかな空気が漂っていた。

通信指令課からの入電を示すブザーが鳴り響いた。

2

――中郡大磯町の住宅内で倒れていて動かない男性が一名いるとの消防への通報あり。大磯町消防本部が急行したところ、男性はすでに死亡していた。所轄大磯署は現場に急行せよ。現場の住所は中郡大磯町西小磯×××番地。繰り返す。中郡大磯町の住宅で……。

「こりゃあ、うちに来ますね」

蜂須賀補佐がぽつりと言った途端に外線から着信があった。

「わたしが取ります」

磯部がいち早く受話器を取った。

「はい、機鑑隊江の島分駐所……いまの入電の件ですね。わかりました。直ちに向かいます」

受話器を置いた磯部は、蜂須賀補佐に向き直った。

「補佐、直ちに現場に向かうようにとの指示を受けました」

磯部の声は朗々と響いた。

瞬間、執務室内に緊張感が漂った。

「代打で出勤して出動がなかったら池田くんに妬まれるところでした」

蜂須賀補佐は低い声で笑った。

小雪は大急ぎで残ったカレーの鍋を冷蔵庫に入れて、出動に備えた。

駐車場に降りると、一台の鑑識車に今日も五人が乗り込んだ。

平井が運転席でステアリングを握り、助手席には戸川が座った。

第二班のほとんどの出動で平井が運転手、戸川がナビゲーターという役割を担っている。

蜂須賀補佐は後部座席の右側に、中央には磯部が、スライドドアのある左側には小雪が座った。

「西小磯となると、大磯町のまん中あたりの海沿いですね。現場はカーナビでは一九・七キロ、四二分と出ました」

カーナビを覗き込みながら戸川が言った。

「緊急走行で行こう。三〇分くらいで着くでしょう」

蜂須賀補佐は落ち着いた調子で言った。

「了解しました」

平井が答えてスイッチを操作するとサイレンが鳴り始めた。

赤色回転灯が点灯していることも反射光でなんとなくわかる。

西湘方向にも何度か出動があって、江の島からの海沿いの道は小田原あたりまで馴染みになってきた。

「国道一三四号はずっと片側二車線道路なので、サイレンを鳴らしてゆけばスムーズに通行できますね」

なんの気なく小雪は磯部に語りかけた。

「ああ、緊急走行をしている警察車両の行く手をふさぐ者はまずはいないさ。みんなが左車線に寄ってくれる。その意味で海沿いの現場は楽だな」

磯部がまじめな顔で答えた。

「大昔は茅ヶ崎から先は片側一車線でした。湘南大橋からこっち側が混みましてね」

蜂須賀補佐はかるく顔をしかめた。

茅ヶ崎署や平塚署に勤務した経験があるのだろうか。

「いまだって、夏場は大変ですよ。まずは江の島が混みます。その後も何ヶ所かの海水浴場や辻堂海浜公園が混みますね。でも、鎌倉から逗子、葉山の海辺はもっとひどい」

苦い声で平井が言った。

現在は国道は空いていて、流れるように鑑識車は西へと進む。

「ところで、朝比奈くん。今日の現場では倒れている者が死亡していると大磯町の救急隊が判断しているが、その場合に救急隊はどのような行動を取りますかね」

いきなり、蜂須賀補佐が質問をしてきた。

「えーと、その場にとどまり、我々警察に引き継ぎを行います」

死んでいれば警察が扱うことになるのはあたりまえだ。

「正解です。ではどんな場合に救急隊は死亡と判断してよいのかな」

ゆったりとした声で蜂須賀補佐は訊いてきた。

「明らかに生存していない場合ですよね」

緊張しつつ、小雪は答えになっていない答えを返した。

「具体的にはどういう状態ですか」

蜂須賀補佐は小雪の目をじっと見た。

「あの……はっきりはわからないです」

小雪は正直に答えるしかなかった。

「まずは一見して死亡と判断できる場合で、ふたつのケースがあります。第一は頸部または体幹部が切断されている場合です。もうひとつは全身に腐敗が見られる場合ですよ」

厳しい内容を、蜂須賀補佐はいくぶん声をやわらげて言った。

「たしかに一見して死亡と判断できますね」

うそ寒い声を小雪は出した。

想像するだけで恐ろしい状況だ。なるべく出会いたくない遺体だ。

「それから次の六基準をすべて満たす場合です。一、意識レベルがＪＣＳ３００であること。二、呼吸が全く感ぜられないこと。三、総頸動脈で、脈拍が全く触知できないこと。四、瞳孔の散大が見られ、対光反射が全くないこと。五、体温が感ぜられず、冷感が認められること。六、死後硬直又は、死斑が認められること……これは平成三〇年に消防庁が各都道府県の関係機関に通知している基準です」

すらすらと蜂須賀補佐は六基準を口にした。

死斑は死後三〇分くらいから現れると法医学の講義で習ったことを思い出した。

「意識レベルＪＣＳ３００ってどういう状態ですか」

小雪は質問した。この基準については少しもわからなかった。

「ＪＣＳはジャパン・コーマ・スケールの略で、日本でおもに使われる意識障害の深度分類で、０から３００で表すが、０が正常な状態です」

蜂須賀補佐は小雪の目をじっと見た。

「ＪＣＳ３００は、まったく意識がない状態ということですね」

「痛み刺激に対してまったく反応しないレベルとも考えてよいですね」

うなずきながら蜂須賀補佐は言った。

「これだけの条件がそろっていたら、死は確実ですよね」

小雪の言葉に蜂須賀補佐は静かにうなずいた。

「間違っても、瀕死の状態でまだ生きている人間を搬送しないで放置するようなことがないように設けられた基準です。人の死についてはきわめて慎重にならなければならないのです」

いくぶん厳しい顔つきで蜂須賀補佐は言った。

「はい、しっかりと意識して勉強していきたいと思います」

小雪はまじめに答えた。蜂須賀補佐を気にするあまり、若干、優等生的な答えが出た。

蜂須賀補佐は静かにうなずいた。

緊張続きの会話が終わり、小雪は仕事前にどっと疲れた。

だが、蜂須賀補佐が自分を教育しようとしてくれていることは嬉しかった。

もっとも厳粛な問題として、死は考えなければならないのだ。

3

道路はよく流れていて、三〇分しないうちに鑑識車は現場付近に到着した。

ちいさな公園の近くで、新しくきれいな二階建ての住宅が六軒並んでいる場所だった。

あたりは暗くてもそれぞれの家には照明がいっぱいに点っていた。

どの家も意匠を凝らした設計で、いわゆるデザイナーズハウスのように見えた。

六軒のうち、右から二番目の白い家の前に、覆面パトカーが一台と白い警察スクーターが一台駐まっていた。救急車はすでにいなかった。

現場の家も一、二階ともすべての窓に灯りが点っていた。

この家は建物の右側に踊り場を持った立派な外階段が設けられていることが大きな特徴だった。階段を上がったところが玄関で、つまり二階が出入口のようだった。

二階にはこちら側に向かって、大きな窓が並んでいた。一階には二台分のカーポートがあって、小型の赤いイタリア車が駐まっていた。

隣の黒い鉄筋らしき建物との間に西湘バイパスをはさんで海が見える。

暗い海面に白い波が立っている。

平井はパトカーの後ろに鑑識車を駐めた。

小雪たちは次々にクルマから降りた。

平井がリアゲートを開けた。隊員たちは必要な鑑識道具を取り出す作業に入った。

小雪ももう自分がどのバッグやケースを取ればいいのかを把握できていた。

全員が頭部、袖、靴のカバーを付けた。

階段の入口に黄色い規制線が張られていて、ヘルメットをかぶった年輩の巡査部長が立哨していた。

「ご苦労さま」

気安い調子で蜂須賀補佐は巡査部長に声を掛けた。

「本部の鑑識さんですか」

巡査部長は首をひねった。

「機鑑隊ですよ。江の島から来ました」

にこにこしながら蜂須賀補佐は答えた。

「自分は大磯署地域課の者ですが、機鑑隊の皆さんとお会いするのは初めてです」

目をぱちくりと瞬かせて巡査部長は言った。

「江の島分駐所は設立されてまだ一年だからね。これからちょくちょく西湘地区にも顔出しますよ。まぁ、よろしく」

やわらかい顔つきで蜂須賀補佐は言葉を継いだ。

「ところで、あなたが消防からご遺体に関する事項を引き継いだのですか」

蜂須賀補佐の言葉に、巡査部長はとんでもないという風に首を振った。

「いえ、玄関を入ったところに、機動捜査隊の刑事が二人います。引き継いだのはその人たちです」

玄関を見上げながら、巡査部長はきまじめな調子で答えた。

「そうですか、ありがとう」

蜂須賀補佐は礼を言うと、階段を上り始めた。

準備が整った小雪たちは、道具をかついで蜂須賀補佐のあとを追った。

玄関のところに「機動捜査隊」の白文字の入った黒いナイロンジャンパー姿の男が二人立っていた。一人は四〇歳くらいの金壺眼（かなつぼまなこ）のぽっちゃりした男、もう一人は二

○代後半の痩せた男だった。

耳に受令機のイヤホンを付けているところもかたち通りだ。

「待ってましたよ。鑑識さん」

年かさの機動捜査隊員がしゃがれ声で言った。

「こんばんは、機動鑑識隊の江の島分駐所の平井です」

声を張ったのは平井だった。

「ああ、機鑑隊か……江の島からですか。ご苦労さん。わたしは機捜隊小田原分駐所の尾池です」

男が答えて、場所を空けるように玄関ポーチに出てきた。

「磯部くん、機捜に消防からの引き継ぎ事項を確認してください」

おだやかな声で、蜂須賀補佐が磯部に指示した。

「はい、わかりました。補佐」

きりっとした声で磯部は答えた。

補佐という言葉を聞いて、機動捜査隊の二人は緊張したような表情を見せた。補佐という役職は警部なのだから、当然だろう。

機捜の二人は蜂須賀補佐のキャップの階級章を確認して居住まいを正した。

磯部は尾池から話を聞き始めた。

尾池の低い声が響き続ける。

「消防の話では死亡者は一酸化炭素中毒死の可能性が高いようです」

いきなり磯部が声を張り上げた。

「そうですか、わかりました。ほかには？」

蜂須賀補佐は磯部の顔を見て訊いた。

「死亡者はこの家の居住者である無職の手嶋繁雄（てじましげお）さん、六五歳と推察されています。倒れていたのはリビングルーム東隣の書斎です。消防が換気のために窓を全開したそうです。それから手嶋さんは奥さんと二人暮らしです。奥さんには連絡がついて、いま小田原市内からこちらに向かっているそうです」

「第一発見者は、誰なんですか？」

蜂須賀補佐が静かに訊いた。

「はい、実は東側の隣の奥さんが、こちらの奥さんと非常に親しいそうなんです。それで、二、三日前に貸していた料理用のハンドミキサーがありましてね。返してもらいにこの家を訪ねたところ、玄関は開いているのに応答がない。そのまま奥に進んだら、異様な臭気に気づいたというわけです」

「人が死んでいると思ったわけじゃないでしょう」

「そうなんですが、とにかく手嶋さんがぶっ倒れている。異常事態が発生しているんじゃないかと思って外へ出て一一九番に電話したんだそうです」

「一一〇番じゃなかったんですね」

蜂須賀補佐は念を押した。

「とっさのことで、とりあえず一一九番したらしいです」

「なるほど、ありがちですね」

「救急隊が駆けつけたところ、死亡状態だったというわけです」

答えると磯部は蜂須賀補佐のそばに戻ってきた。

「じゃあ、わたしたちはちょっと中を見せてもらいましょうか」

言うなり、蜂須賀補佐はパチンと両手を叩いて、磁器の白いブロックからフローリングの床に歩みを進めた。

二人の機動捜査隊員は小雪たちの邪魔をしないように玄関の外へ出た。

小雪たちは次々に玄関から上がった。

4

室内は白っぽい壁紙で覆われ、床はウォールナット色のフローリングだった。

玄関ホールはそれほど広くはなく、廊下にはドアが三枚、左右と奥の三方向に設けられていた。

マンションと違ってドアの向こうの空間は想像しにくい。

「あの奥のドアを開けるとリビングだそうです。左のドアを入ると四畳半くらいの書斎があって、机のそばにソファベッドが置かれています。その上に遺体が倒れているとのことです」

磯部が手早く説明した。

「そうか、まずはホトケさんに会わなきゃな……。だが、その前にひと仕事しなきゃなりませんね。平井くんはＡＬＳライトで廊下の床を見てみてください。磯部くんは平井の指示で写真を撮ってください。二人でわたしたちが歩いていい場所を確保してください」

　蜂須賀係長はてきぱきと指示した。

「了解っす」

「わかりました」

　二人は力強く答えた。

　平井は、樹脂ケースから水色のフィルター内蔵ヘッドのＡＬＳライトを取り出した。

　磯部はアルミケースから赤外線一眼レフカメラを取り出して首から掛けた。

　続いて二人はオレンジ色のゴーグルを装着した。

　最初の現場で磯部が掛けていたものと同じだった。

　平井は寝そべってＡＬＳライトで床を照らして凝視し始めた。

「しっかり足痕が残ってますよ。このあたりから撮ってください」

　ライトの灯りで軽く輪を描いて平井が声を掛けると、磯部がレンズを向けてシャッターを切り始めた。

「了解。そのあたりだな」

　赤外線一眼レフカメラのシャッター音が響き続けた。

「足痕は五つですね。一つは男、二つは女だと思います。廊下の真ん中あたりを何往復かしています。さらに廊下にある左右のドア付近にも五人の足痕がいくつも残っています。女性のうち一つは第一発見者の隣の奥さん、男性のうち二つは救急隊員のものと思われます」

上体を起こし声を張って平井は言った。

ゴーグルを掛けていない小雪には足痕はなにひとつ見えない。

やはりALSはすごいものだと感心するばかりだ。

どんな世界が見えるのか……。

いつかはこのゴーグルを掛けてみたいと小雪は思った。

「朝比奈くんは玄関のドアノブの指紋を採取すること。外側と内側両方お願いします。焦らずにゆっくりやりなさい」

蜂須賀補佐の声が響いた。

「承知しました」

緊張して小雪は答えた。

蜂須賀補佐も初心者の小雪を気遣ってくれている。

振りかける指紋粉の量に注意しながら、小雪は指紋採取を始めた。

刷毛を使うのもだいぶ慣れてきた。

どちらのドアノブからも、男女と思しき大小二種類の指紋がいくつか浮かび上がってきた。

注意深く小雪は指紋をゼラチンシートに転写した。

平井はリビングに続くドア付近まで観察を終え、磯部はかなりの枚数の写真を撮ったようだ。

「このドアの前にも足痕がたくさん見られます。リビングにも何度も出入りしたようです。足痕はやはり男性と女性各一名ずつですね」

再度上体を起こして平井は報告した。

「死亡者と留守だという奥さんのものでしょうね……すると、リビングに怪しい人物の出入はなしですか」

考え深げに蜂須賀補佐は言った。

「廊下の真ん中とドア前の半間くらいを避ければ歩けますよ」

平井は顔を上げて声を張った。

「よし、じゃあ戸川くんは足もとに気をつけて三枚のドアノブの指紋を採ってください」

蜂須賀補佐は静かに指示した。

「はい、おまかせください」

戸川は張りきって答えると、注意深く歩いて左のドアノブに近づいた。

指紋粉をさらさらと振りかける。

廊下の足痕の撮影やドアノブの指紋採取がひと通り終わった。

「さぁ、書斎に入りましょう」

蜂須賀補佐は力強く言った。

いよいよ遺体のある書斎に入ることになった。

「書斎のドアを開けたら、念のためです。書斎内の一酸化炭素濃度を測れ。戸川くん、君がやってください」

さらっと蜂須賀補佐は命じた。

「一酸化炭素検知器はクルマの中ですが……」

戸川は目を瞬いた。

「じゃあ、さっさと取ってきなさい」

蜂須賀補佐は一喝した。

「はいっ、お待ちください」

戸川はすっ飛んで玄関を出ていった。

帰ってきた戸川は黄色い樹脂でできた道具を右手に持っていた。

「ドア付近から遺体のまわりまで注意しながら測ってください。五〇ｐｐｍ以上の数字が出たら戻ってきてわたしに言いなさい」

蜂須賀補佐はゆったりとした口調で指示した。

「了解です」

ひと言答えると、戸川は書斎の扉を開けた。

廊下やリビングと同じように、この部屋の照明もすでに点灯してあった。

「消防の人たちが入っているから危険はないんじゃないですか」

不思議に思って小雪は訊いた。

「もちろん、念のためです。五〇ｐｐｍ以下なら軽い頭痛や息切れ程度ですみ、生命に危険を及ぼすようなことはない。だが、二〇〇ｐｐｍとなると、激しい頭痛や悪心、嘔吐（おうと）、反打力の低下を招く。三〇〇ｐｐｍ以上になると、意識混濁や湿疹、さらに八〇〇以上では意識喪失や呼吸停止。一九〇〇ｐｐｍの空間に入ると即死します」

淡々と蜂須賀補佐は言った。

「そ、即死ですか……」

小雪は言葉を失った。

「そうです。そんな濃度も作り出すことは難しくありません。一酸化炭素が恐ろしいのは無臭で検知器を使わないと、その濃度がまったくわからないこと。消防が入っているからそんな高濃度ということはあり得ません。だが、万が一、ある程度の濃度があったら、健康に支障が出ます。後遺症が出る場合もあるんです。よその機関の判断を信じて、万が一にも隊員たちを危険な目には遭わせられない」

厳しい顔で蜂須賀補佐は言った。

小雪は蜂須賀補佐の慎重さと責任感に感じ入った。

「大丈夫です。現在の濃度は35ｐｐｍ以下に留（とど）まっていました」

戸川が明るい顔で書斎から出てきた。

危険はないのだろうが、間違いなく一酸化炭素は残存していたのだ。

「ご苦労さん、では、平井くんと磯部くんで、このドア付近から遺体までの足痕をライトで照らして写真に撮ってください」

蜂須賀補佐が新たな指示をすると、平井も磯部もリビング内に入ってすぐに作業を終えた。

「さぁ、いよいよ、ホトケさんとご対面です」

平らかな声で言うと、蜂須賀補佐は書斎内に歩みを進めた。

小雪も足痕を消さないよう用心しながら後に続いた。

右手はカーテンの掛かった窓で、その前に木製の机があって横には書棚があった。

書棚には文学全集や洋書、展覧会で買ってきたような画集が並んでいた。

部屋の奥には茶色いソファベッドが置いてあった。

遺体が見えるはずだ。小雪の全身はこわばった。

だが、この位置からは、ソファベッドにライトグレーのセーター姿の身体が横たわっているのが見えるだけだった。

「うっ……」

思わず小雪はハンカチで口もとを押さえた。

あたりには吐瀉物の強い臭気が漂っている。
小雪は一瞬、吐きそうになった。
しかし、こんなことで吐いていては、とても鑑識の仕事などは続けられない。
小雪は必死に耐えた。
最初の現場でさらした醜態をふたたび見せるわけにはいかない。
死に際して人間は必ず臭気を放つものだと警察学校でも教わった。
今回のご遺体は一酸化炭素中毒の症状として嘔吐したのだろう。
さらに遺体との距離を小雪は縮めていった。
我慢して遺体から一メートルくらいの位置に迫った。
小雪にとって二度目の遺体との対面だ。
力を込めて小雪は遺体を見た。
髪が真っ白な老人が死んでいる。
苦しそうに顔を歪めて、唇から舌が飛び出ている。
左右の手は宙でなにかを摑むように硬直していた。
「磯部くん、遺体の写真を頼みましたよ」

蜂須賀補佐は振り返って指示した。

「了解です」

磯部はふつうの一眼レフカメラに切り替えてシャッターを切り始めた。

ストロボが光り続ける。

遺体は不自然なほどに顔や首が赤い。

赤鬼……そんな言葉が心に浮かんだ。

「遺体はこんなに赤くなるのですか」

小雪は感じた驚きをそのまま口にした。

「一酸化炭素中毒死では、肌や死斑が鮮紅色（せんこうしょく）になることがあります。これは、一酸化炭素が血液中のヘモグロビンと結合してカルボキシヘモグロビンという物質になるためです。必ずしも見られる状態ではないが、これは珍しくはっきりとした鮮紅色の死斑が観察できるね。間違いなく、この男性は一酸化炭素中毒死だ。練炭コンロを使ったんですよ」

遺体のかたわらに立った蜂須賀補佐はきっぱりと言って男性の足もとを指さした。

火の消えた練炭コンロが置いてあった。

「硫化水素に長時間曝(さら)されると死斑は緑色を呈し、クロレートという除草剤では死斑は灰褐色になります。パラコートという除草剤では青緑です」

表情を変えずに蜂須賀補佐は言った。

「そんなの人間の肌の色ではありません」

ちょっと強い口調で小雪は言った。

仮に美術の表現で、自然ではない色を選ぶとしても、緑色や灰褐色の肌はあまりにも美しくない。

小雪としては許したくない色彩であった。

「たしかに強い違和感を覚えます。それに比べれば一酸化炭素中毒死の場合はまだマシですよ。ちなみに青酸ガスによる中毒死も一酸化炭素中毒と同様の鮮紅色の死斑が生じます」

蜂須賀補佐は淡々と言った。

「とてもマシとは言い難い赤色をしています」

口を尖(とが)らせて小雪は答えた。

「朝比奈くんは美大出身でしたね。色にこだわる気持ちはわかる。しかし、それ以前に君は遺体を忌み嫌っているでしょう？」

　口もとにやわらかい笑みを浮かべて蜂須賀補佐は訊いた。

「嫌っているわけではありませんが……」

　歯切れの悪い答えだと、小雪自身も思った。

　遺体を好きになれる人間などいるはずがない。

「我々の業界では遺体を俗に『ホトケ』と呼ぶことは知っていますね」

　蜂須賀補佐はかるい調子で訊いた。

「はい、知っています」

　警察学校時代に刑事出身の教官から聞いたことがある。

「古い刑事用語です。いつの時代に使い始めたものかわたしは知りません。この言葉は決して遺体を茶化した言葉ではない。また、ふざけて呼んだものでもないのです」

　蜂須賀補佐は、真剣な目つきになった。

「そうだとは思いますか……」

　ふたたび歯切れの悪い答えを小雪は口にした。

「いいや、朝比奈くんはわかっていない。人間は死んだときからホトケになるのです。

君が遺体を厭う気持ちは根源的なものだ。人間は誰も遺体などになりたくない。古来、遺体になって腐敗して崩れてゆく人間の姿を見て、残された者は自分の将来の死後の姿を重ねた。自分はああはなりたくないという恐怖は、未知である死後の世界に対する不安にも負けずに大きかった。その恐怖が世界各地で原始的な宗教を作り上げたのです。埋葬という習慣も生まれてきました。死者を神仏と考えることで、残された者は救われようとした。遺体は単なる滅びた肉体ではありません。それはホトケなのです」

蜂須賀補佐はかすかな笑みを浮かべて言葉を継いだ。

「我々、警察官は常に人の死と間近な仕事です。刑事警察はとくにその傾向が強い。しかもまったく見知らぬ人間の死を扱わなければならないことがふつうです。その人間の個性も生きざまもなにも知りはしないのです。そんな我々警察官は死者をホトケと考えることで、自分の心を守ってきました。いちいちご遺体の来し方に思いを馳せていてはやっていけませんから」

笑みを浮かべたまま、蜂須賀補佐はじっと小雪の目を見た。

柔和な顔の蜂須賀補佐が高僧のような錯覚を小雪は感じた。

「やっていけないのですね」

小雪は蜂須賀補佐の言葉をなぞった。

「ちょっとおしゃべりが過ぎたな。朝比奈くんはここはもういいから、この書斎の窓のクレセント錠の指紋を採りなさい。消防が触っているが、手袋はしているはずだ。なんらかの指紋が検出できるかもしれません」

蜂須賀補佐は話を打ち切って命を下した。

「はい、頑張ります」

はりきって小雪は答えた。

命ぜられた通り、指紋を採ると、どの窓のクレセント錠からもひとつの指紋だけが採取できた。

きちんと比較しないとはっきりしないが、ほかのドアノブから採れた男性の指紋と同一である可能性が高い。

そのとき、玄関あたりから女性の声が響いた。

5

「繁雄さんが、繁雄さんが」

女性の声は廊下をどんどん書斎に近づいてくる。

「しばらくお待ちください」

焦ったような声が後を追いかけてくる。この声は機捜隊の尾池だ。

「なんで、なんで私が自分の夫に会えないの」

悲しげな声が響くと、ドアのところに六〇歳前後の女性が現れた。

ちまちまとした整った顔立ちは、こわばりきってほとんど無表情に見えた。

濃いブラウンの髪はひっつめている。

オリーブ色のスプリングコートの下にチョコレート色のブラウスを着て黒いパンツを穿いていた。

見たところどのアイテムも生地の質がよく、高級そうでシックな装いだ。

すぐ後ろに尾池が従いてきている。

「奥さんがお帰りなんですがね」

弱ったような尾池の声だった。彼としては鑑識作業が終わっていないことを気遣ってくれているのだ。

「このお宅の奥さまで間違いないですか」

ソファ付近から蜂須賀補佐はやわらかい調子で念を押した。

「そうです。警察から連絡を頂いたのであわてて帰ってきました」

書斎の入口で手嶋夫人は早口で答えた。

「こちらへお通ししてください」

蜂須賀補佐は尾池に丁寧に言った。

「では奥さん、どうぞ」

尾池はいくらか不機嫌な声を出した。

すっと手嶋夫人が書斎に入ってきた。

「ご主人はあのソファベッドにいらっしゃいます」

平らかに蜂須賀補佐は言った。

「繁雄さんっ」

手嶋夫人はソファベッドの前で崩れ落ちるように床に膝をついた。

「どうして……どうしてなの……ずっと一緒にいようって約束したじゃない」

自分の髪を両手でちぎるような仕草をして手嶋夫人は激しく叫んだ。

「恐縮ですが、少しだけお話を伺えませんか。こちらではまだ作業が残っておりますので……」

蜂須賀補佐が静かに声を掛けると、手嶋夫人は操り人形のようにこくんとあごを引いた。

「朝比奈くん、奥さんをリビングにお連れして」

続けて小雪に命が下った。

「承知しました」

答えたものの、小雪はとまどった。

女性に事情聴取するときには、女性警察官が立ち会うのが原則となっている。

だが、小雪は取調べはもちろんだが、関係者から話を聞いた経験もなかった。夫人からなにを訊いていいのかもわからない。

「わたしがお話を伺いますよ。奥さん、リビングに行きましょうか」

尾池の言葉に手嶋夫人は力なくうなずいた。

小雪はほっとして肩から力を抜いた。

「じゃあ朝比奈さん、つきあってください」

明るい声で尾池は言った。

リビングのテーブルの窓側に手嶋夫人が座り、玄関側に小雪と尾池が座った。

小雪は尾池の指示で聞いた内容を記録する係となった。

尾池は最初に手嶋夫人の名前などを確認した。彼女は敬子（けいこ）という名で、六一歳になる小田原市立中学校の英語の教員だそうだ。定年延長で今年いっぱいは働くことにしているという。

亡くなった手嶋は五年前に退職した神奈川県立高校の英語科の教員だった。

今日は勤務時間終了後、支援を要する生徒の対応について生徒指導部の教員で話し合う指導支援会議が続き、終了は八時過ぎとなった。終了後、近くのファミレスで同僚と食事をしていたそうだ。通常の残業レベルだそうだが、中学校の教員は、いつもこんな遅くまで仕事をしているのかと小雪は驚いた。

「基本的なことを伺いますが、この家にはご夫婦お二人で住んでいたんですか」

おだやかに尾池は尋ねた。

「はい、そうです」

少しは落ち着いたのか、静かな調子で敬子は答えた。

「ほかにご家族はいらっしゃらないのですね」

尾池は念を押した。

「はい、子どもはいませんし、二人とも両親はすでにおりませんので」

そうだとすると、夫がいなくなったいま、手嶋夫人はかなり淋しい境遇になるのかもしれない。

「ソファベッドの足もとに練炭コンロがありました。あのコンロに見覚えはありませんか」

尾池は質問を変えた。

「はい、あれは七、八年前にキャンプ用に夫が買った物です。ずっと使っていませんでしたし、練炭が残っていることも知りませんでした。夫はキャンプ場で肉や魚を焼くのに一時期は凝っていたのです」

「ご主人があのコンロを使って暖をとったり、室内で調理をすることなどはなかったですか」

　尾池は手嶋夫人の顔を見て尋ねた。

「それはあり得ないと思います。アウトドア用に買ったものですから、二人とも家の中で使うことは考えていませんでした」

　手嶋夫人は首を横に振ってきっぱりと言った。

　そうだとすると、事故である可能性は低くなる。

「ご主人が悩みを抱えていたようなことはありませんでしたか」

　ゆったりと尾池は訊いた。

「まったくないのです」

　手嶋夫人は暗い顔で首を横に振った。

「健康状態も悪くなかったのですか」

　重ねて尾池は問うた。

「ええ、夫は退職後も人間ドックを受診していましたが、この春の結果でもとくに大きな異常は見つからず、中性脂肪がすこし高めというくらいでした。現在はかかっている病院はありませんでした」

手嶋夫人はつらそうに目を伏せた。

「では、ここのところ、とくに異常な……自分を傷めるような行動などは見られなかったのですね」

言葉を選びながら尾池は訊いた。

「もちろんです」

きっぱりと手嶋夫人は言った。

いきなり手嶋夫人の声が湿った。

手嶋夫人は淡いブルーのハンカチを取り出して目頭を拭(ぬぐ)った。

「あの……先週の金曜日ね。わたしが午後から仕事を休んで二人で葉山に行ったんです。私の誕生日だったから……夫が、『二人でどこかに行きたい』って前の日に言い出してね。だから、若いときによくドライブした葉山から秋谷(あきや)あたりの海辺にクルマで出かけたんです。私が運転して……で、長者ヶ崎(ちょうじゃがさき)で富士山見て……金曜日はすっかり晴れてたからきれいだった。ここも海岸に出れば富士は見えます。でもね、二人の青春の富士は葉山からの景色なのよ。夕飯は葉山マリーナ近くの《クシェ・デュ・ソレイユ》ってフレンチに行ったのよ。夫がいきなり連れてってくれたの。予約してたのよ。どうしてかわかる？」

手嶋夫人は小雪の目を見て訊いてきた。

「え、どうしてですか？」

間抜けな声で小雪は訊き返した。

そもそもこの現場からかけ離れたような話で、いささか困惑していた。

「二人が初デートで行ったお店なのよ。知っているかしら、《クシェ・デュ・ソレイユ》ってお店。その名の通り夕陽の眺めが素晴らしいのよ」

熱に浮かされたように手嶋夫人は喋った。

「いいえ、存じません」

運転をあまりしない小雪は、葉山あたりの店をよく知らない。

「ライトブルーの壁の三階建てにアーチ窓が並ぶ古い洋館で、日本の建物じゃないみたいなお店。南仏風のお料理が美味しいのよ。まるでプロヴァンスあたりのリゾートに建つレストランみたいなの。それがね、わたしと夫の初デートのお店だったのよ。三五年前に繁(しげ)ちゃんに誘われて初めて行ったお店。あなたくらいの年頃のとき」

手嶋夫人は妙に饒舌(じょうぜつ)だ。とりとめもなく話し続ける。

あまりにも大きな悲しみを、自分の心から無理やり追い出そうとしていることに小雪は気づいた。

「そうだったんですか」

「二人ともアメリカ文学が好きだったから、サリンジャーやパトリシア・ハイスミスやアレン・ギンズバーグの話で意気投合して……それが結婚するきっかけだったのよ。金曜日も夕陽の美しいあのお店で文学の話で盛り上がったんです。まるで、初めてあのお店に行ったときみたいだった、それでね、繁ちゃんはわたしにブルートパーズのネックレスをプレゼントしてくれたんです。そしてね『ずっと二人で生きていこうね』と言ってくれた。それなにのに、なぜなの。どうして彼は……こんな。わたしとの約束はどうなるの？　教えて、ねぇ、なんで。なんでなの」

手嶋夫人は取り乱して、眉間に深いしわを寄せて唇を震わせた。

両の瞳から涙があふれ出た。

「奥さん、落ち着いてください」

尾池は静かな声でなだめた。

だが、それからの手嶋夫人はただただ泣き続けるだけだった。

手嶋夫人の精神状態がもう少し落ち着いてから、質問を再開することにした。

結果として小雪は事情聴取から解放された。

大磯署からも女性警察官が駆けつけるそうだ。

「どうかお身体に気をつけておすごしください」

月並みな言葉だが、小雪は手嶋夫人になにか言葉を掛けて帰りたかった。

「ありがとう。あなたは大切なものを失わないようにしてね」

手嶋夫人の涙は止まっていたが、言葉には力がなかった。

所轄大磯署の鑑識係も到着したので、機鑑隊は収集した証拠を引き渡して帰庁することに決まった。

大磯署の刑事課強行犯係長も臨場してきた。

「わたしは事件性はないと思うが、最終的な判断はそちらの仕事ですからね。必要だと思ったら検視官をお呼びしたほうがいいですよ」

蜂須賀補佐は慎重な口ぶりだったが、はなから事件とは思っていないようだった。

つまり、手嶋繁雄は自殺したと考えているのだ。

大磯署が繁雄の遺書を見つけたら確実に自殺と判明するだろう。

警部補である強行犯係長は恐縮して「参考にします」と答えていた。

小雪たちはふたたび鑑識車に乗り込んだ。

6

遅い時間にもなったし、帰り道の通行量は少なく順調だった。

それでも江の島分駐所に着いたときには一二時をまわっていた。

平井、戸川の午後一〇時からの仮眠組はすぐに仮眠室に向かった。午前二時には起きてこなければならないわけだからほとんど寝ることはできないだろう。

蜂須賀補佐と磯部、小雪の三人は執務室で静かに書類整理をしていた。

小雪は自分の仮眠時間になる二時以降に事案が発生しないことを祈った。

手嶋夫人への事情聴取で、小雪は精神的に参っていた。

小雪は最初、手嶋繁雄の遺体をホトケはおろか人間とも見ることができなかった。

それは生きていた人間の残滓に過ぎなかった。

単なる美しくない肉塊だった。

しかも、人間としてはあり得ない色彩に染まっていた。

だが、その手嶋は夫人にとっては彼女を恋人のように愛する男性であり、サリンジャーやギンズバーグで盛り上がれる文学仲間であり、今後の人生を誓った大切なパートナーだった。

手嶋夫人から話を聞いたことで、遺体に対する考え方はまったく違った物となった。

表面的なことしか見ることができない自分が、小雪は悔しかった。

「警察官は死者をホトケと考えることで自分の心を守ってきた」という蜂須賀補佐の言葉は、小雪の胸に突き刺さっていた。

小雪は喉が渇いたので、自販機コーナーに足を進めた。

缶コーヒーを飲んでいると、磯部が顔を出した。

「疲れたろ？」

磯部はいつも小雪を気遣ってくれる。

「いえ、大丈夫です。当番勤務には慣れてきましたから」

小雪は明るい声を出した。

肉体的にはなんでもなかったが、精神的には凹(へこ)んでいた。

ただ、そんな弱みを磯部には見せたくなかった。

必ず、磯部は心配するに違いない。

そんな負担を磯部に掛けることはどうしても避けたかった。

「牛すじカレーうまかったぞ」

缶コーヒーを買いながら、磯部は笑顔で言った。

「ありがとうございます。そんな風に言って頂けるなら、また作ってきます」

にこやかに小雪は答えた。

「頼むよ。ところでさ、今日の事案は自殺だろうな。蜂須賀補佐が言うんだから間違いない」

磯部は自信のあるようすで言った。

「やはり蜂須賀補佐の見立ては間違いないんですね」

小雪ももちろん蜂須賀補佐を信頼していた。

「蜂須賀補佐はすごい人なんだよ。あの人の鑑識課員に対する指導力で、事故だと思われていたものが事件だったという事案が一〇はくだらない。それに真犯人を裁判で追い詰めた証拠を収集したのも数限りないんだ。鑑識道具にも詳しくて、ＡＬＳライトの導入を強く主張したのも蜂須賀さんだ。高価な赤外線一眼レフカメラだって、蜂須賀さんが頑張ったから機鑑隊には各班一台ずつ配備されている。おかげで我々の仕事はずっと楽になった。県警への貢献度から言っても、本当なら警視に出世してどこかの所轄で署長をやっているべき人なんだ。俺から言わせりゃ、蜂須賀さんは鑑識の神様だよ」

磯部は眉間にしわを寄せた。

神様というより、高僧、求道者という印象を小雪は蜂須賀補佐に抱いていた。

「そんな神様がどうして、この分駐所に？」

なにか問題があって、蜂須賀補佐は出世できないのだろうか。

「本人が出世を嫌がってるんだよ。警視なんかになっちゃったら完全な管理職だ。現場にはまず出ることはできない。それが蜂須賀補佐は嫌だったんだ。これは噂に過ぎないけど、上のほうから出世の話が降りてきてもみんな断っちゃうらしい。警部だって所轄だと課長だからあまり外には出られない。そこで、分駐所のトップなんてあいまいなポジションに就いて現場へ飛び出していくんだよ。隊長補佐なんていかにも蜂須賀さんらしい役職だ。機鑑隊長は横浜海岸通りの県警本部にいる警視だ。ここのリーダーは蜂須賀さんだが、役職としては補佐になってしまう。俺は詳しくは知らないけれど、県警で警部なのに三交代勤務に就いてるのは蜂須賀さんくらいじゃないかな。失礼だけど、あの歳ではきついはずだ」

磯部はかすかに笑った。

「今日は現場にご一緒できてよかったです」

小雪は明るい声で言った。

「蜂須賀補佐と一緒になったときにはいろいろと教わるといいよ」

やわらかい声で磯部は言った。

「はい、今日も大切なことを教えて頂きました」

素直に小雪は答えた。

なにを教わったかは、訊かれたら答えるつもりだった。

自分のつらい気持ちが絡んでいることなので、やはり話しにくい。だが、磯部は内容については訊かなかった。

「それはよかった。ところで、話は戻るけどさ……朝比奈は今日、遺族のあの奥さんの事情聴取に立ち会ったんだな」

磯部はコーヒーを口にすると、かるい調子で訊いた。

「はい、奥さんは中学の、旦那さんは高校のそれぞれ英語の先生でアメリカ文学への興味が一緒で結婚したそうです。先週の金曜日の奥さんの誕生日にデートしたことを大切なことととして話していました」

妙に饒舌だった手嶋夫人の姿が蘇（よみがえ）った。

「ちらっと聞いていた。とても仲のよい夫婦っていうイメージだったな」

隣の書斎にいた磯部にも聞こえていたのだ。

「それなのになぜ亡くなったんだということをひどく悲しんでいました」

小雪は手嶋夫人の表情をまざまざと思い出した。

「今日みたいな事案で、事件性があるかどうかってのは遺族にとっては非常に重要な問題になるんだ」

打って変わって磯部は重々しい調子で言った。

「それはそうですよね。もし自殺でなかったら、被害者は殺されたってことですね。遺族は犯人を憎むはずです」

小雪の言葉に、磯部はうなずいた。

「もちろんその通りさ。もし少しでも殺人の疑いが残っていたら、やりきれない気持ちを抱えて生きていかねばならないだろう。犯人を憎み続けなければならないし、殺されるほど誰かに恨まれていたのか、と被害者を疑う気持ちも湧いてきかねない」

磯部の言葉に小雪はうなずいた。

「そう思います」

「だがね、人間の心理は複雑で、人によって悲しみのあり方も違うのだ」

磯部の目が光った。

「どういうことですか」

小雪は首をひねった。

「自殺より殺人であったほうが、遺族の苦しみが少ない場合がありうるんだ」

磯部は小雪の目を見つめて、ゆっくりと言った。

「えっ……意味がわかりません」

小雪は大きな声を出してしまった。

「遺族が亡くなった方をとても大切に考えていて、さらにはその方の行動に自分が影響を及ぼしていたと考えているような場合だ」

声の調子を変えずに磯部は答えた。

「どうして、その場合に殺人のほうが遺族が楽になると言うんですか」

詰め寄るように小雪は訊いてしまった。

「つまりは遺族の方が少しでも自責の念を感じていたり、自分がほかの行動を取っていれば、相手は死ななかったのではないかと考えるような場合、遺族はものすごくつらいはずだ。その遺族の方にまったく責任がなく、自殺の原因には少しも影響を及ぼしていないのが事実だとしてもだ。ところが、もし誰かに殺されたのだとすれば自分にはまったく責任はないと確信できるわけだから、気が楽になる」

淡々と磯部は恐ろしいことを口にしている。愛する人が誰かに殺された方が気が楽な人間がいるなんて……。

「ああ、そうか……手嶋さんの奥さんが、夫の死をなぜなのか、どうしてなのかと訊いていたのもその気持ちがあるのですね。でも、だからといって旦那さんが誰かに殺された方が気が楽だなんて思っているとは考えられません」

いくらか強い口調で小雪は言った。

憶測に過ぎないが、手嶋夫人がそんなことを考えているとは思えなかった。

「いや、手嶋夫人がどうかは知らない。だが、現実にそのような気持ちを持つ遺族は存在する。俺がかつて担当した自殺についてもそのような発言を繰り返す遺族がいたよ。『誰かを憎めればいいのに』ってね。人間の心理というものは複雑だし、個人ごとに大きく異なるものだよ。被害者とその遺族の関係だって千差万別だ」

磯部は小雪の目を見ながら言った。

「本当ですね。その遺族の方の立場になってみないと、どんな感情を抱くかはわかりませんね」

小雪は人間の不思議さに感じ入った。

「自殺か他殺かは法的なことから離れても大変に重要な問題なんだよ。さらに、それを判断するのは証拠なんだよ」

磯部は口もとに笑みを浮かべた。

「鑑識の仕事が重要というわけですね」

あらためて小雪は重要性を感じざるを得なかった。

「そういうことだ。だから、俺は鑑識の仕事に大きな誇りを持っているんだ」

磯部はまじめな顔で胸を張った。

「わたしもきちんと仕事ができるようになって、磯部さんのような誇りを持ちたいです」

小雪の言葉に、磯部はにこやかにうなずいた。

「わかってもらえて嬉しいよ。ところで、さっき蜂須賀補佐から聞いた話なんだが、先月の四日に平塚の高浜台で起きた転落事案だけどね」

磯部は意味ありげな目で小雪を見た。

「あの事案、解決したんですか」

小雪の声ははずんだ。

「解決した。あれは殺人事件だった。小平さんは突き落とされたんだよ。犯人は、小平さんの同棲相手の萩尾早紀（はぎおさき）っていう三六歳の女だ。今日、平塚署に通常逮捕されたそうだ」

磯部は缶コーヒーをゆっくりと飲み続ける。

「結局、どんな経緯の事件だったんですか」

身を乗り出して、小雪は訊いた。

「マルガイの小平はやっぱりヤクをやっていた。司法解剖の結果、遺体からコカインが検出された。で、ラリってあのシャム猫を殺してバスルームで首をちょん切った」

磯部はうそ寒い声を出した。

「あの猫は小平さんが殺したのですか」

小雪から乾いた声が出た。

あの場で嘔吐してしまった恥は一生忘れられないだろう。

「ところが、あの猫は早紀が生命の次にかわいがってた家族のような存在だった。事業に失敗して追い詰められていた小平は、あの猫の首を悪魔に捧げれば運命が好転するという妄想に取り憑かれていたようだ。で、帰宅した早紀が、皿の上にある愛猫の首を見て激怒して小平と激しい喧嘩になった。早紀という女はクラヴ・マガという格闘技を学んでいて戦闘的なところがあった。小平に殴る蹴るの暴行を加えようとしたようだ。小平はベランダへ逃げた。早紀は酔っ払っていたので、逃げた小平の身体を両手で押した。結果として小平の身体は五階から闇の空へ飛ばされた」

磯部は暗い声で言った。

「恐ろしい……」

かすれた声で小雪は言葉を失った。

あの現場で見た解剖学的にあり得ない遺体を思い出して、小雪はかるいめまいを感じた。

「いっぺんに酔いが醒めた早紀は、冷静になった。猫が載っていた皿やテーブル、玄関側の自分の指紋を拭って部屋を飛び出した。考えてみれば部屋中に彼女の指紋はあるわけで、なんでそこだけ指紋を消そうとしたのか……。だが、大きな犯罪を行った者というのは得てして合理的でない行動を取るものだ」

考え深げに磯部は言った。

「まともな精神状態であるはずがないですからね」

小雪自身もまともな精神状態でなかったら、不合理な行動を取っても少しも不思議ではない。

「そうだ。人を殺してまともな行動を取れるとしたら、反対にその人間はまともじゃない。殺しのプロのような人物だ。たとえば去年扱った傷害致死事件でも、犯人は逃げ出すときに、死なせた相手と一緒に飲んでいたワインの瓶を持って現場から逃げていた。ちなみにこの瓶は凶器ではない。つまり証拠隠滅の意図があったわけじゃないんだ」

磯部は口もとに笑みを浮かべた。

「飲んでいたワインの瓶ですか」

小雪はとまどって、磯部の言葉をなぞった。

「そう。だけど、なんで瓶を持ちだしたのかは我々もわからなかったし、結局、刑事裁判を通じてもわからなかった。いや、本人がわからないんだろうな。だから、我々は現場に残された証拠から、筋道の立つ結論を導くことに苦労するんだよ」

まじめな顔で磯部は言った、

「不合理なノイズに当たる犯人の行動を排除して行く必要があるのですね」

言葉に力を込めて小雪は言った。

「いい言葉だね。そう、不合理なノイズを排除するのが刑事警察の役目だ。平塚市高浜台の事件ではベランダの足痕を中心に、公判を維持できる証拠は収集できているそうだ。横浜地検小田原支部は、萩尾を起訴できる。江の島分駐所の仕事は完璧だったよ」

磯部は胸を張った。

「よかったです」

小雪は明るい声で答えた。

優秀な江の島分駐所のメンバーのおかげで、小雪の失敗は事件に影響を及ぼすことはなさそうだ。

明るい気持ちで、小雪は缶コーヒーを飲み干した。

第三章　迷いなき男

1

「あーあ、今日も暑くなりそうだな」

弁天橋（べんてんばし）を渡る小雪は、愚痴（ぐち）っぽい独り言を口にした。

七月の第一木曜日は梅雨のさなかなのに、江の島上空には青空がいっぱいにひろがっていた。

今年の夏も早い時期から暑くなっていて、もう三〇度はとっくに超えた気温になっていそうだ。

車道の江の島大橋には、早い時間から島に入る観光客のクルマが続いている。

小雪は隣に延びている歩行者専用の弁天橋を元気な足取りで、片瀬海岸に向かっていた。

右手のいくぶん黒っぽい砂浜には、色とりどりのパラソルや浜辺に憩う海水浴客の姿がいっぱいに見られる。すでに海に入っている人の数も少なくはない。

今週の月曜日に開設された片瀬東浜の海水浴場は、昨年は三七万人を超す人出を記録している。

この橋からはよく見えないが、左手の片瀬西浜と鵠沼の海水浴場も七月一日から連続したこちらの二つの海水浴場は昨年、一〇〇万人を超す人々が訪れた。

子どもの頃には片瀬東浜で泳いだことは何度もあるが、小雪は長年、海水浴には関心がない。シーズン中の浜辺は騒々しくて小雪の趣味には合わなかった。

前方の左手には機鑑隊江の島分駐所と江の島警察署の白い建物が見える。

異動してから三ヶ月経ち、小雪も少しだけ仕事に慣れてきた。

すぐれた先輩たちのおかげで、鑑識や刑事警察についてのいろいろな知識や考え方も学んでいる。

弁天橋を渡った小雪は片瀬西浜に沿って国道一三四号の歩道を西へ歩き、江の島分駐所を目指して進んだ。

勤務開始は八時半。当番勤務の一時間くらい前には出勤して執務室や仮眠室などを掃除するようにしている。

約一・六キロ。旧《貝殻亭》から歩いて二〇分もかからないのだ。どの隊員よりも恵まれた通勤だ。せめて、朝の掃除くらいは進んで行いたい。

真新しい分駐所の建物に入って、小雪は駆け上がるように三階の執務室に辿り着いた。

「おはようございますっ」

小雪の声は元気に響いた。

「おはよう」

当番勤務が終わりに近づいて、疲れ切った第一班の隊員たちの声が返ってきた。

「早くからご苦労さま」

当番明けが近い第一班班長の蜂須賀補佐がにこやかに声を掛けてきた。

「うちが近所ですから」

元気よく小雪は答えた。

「そうですよねぇ。朝比奈くんは歩いて来られるんだから近くていいですね」

　蜂須賀補佐は笑みを浮かべた。

「しっかし、おまえいつも変な恰好してるよな」

　第一班の由良成矢が不愉快そうに口を尖らせた。

　この四月に厚木署地域課から異動になって小雪と同時に機鑑隊に配属となった男だ。

　小雪よりひとつ下の二六歳で、階級は同じ巡査だ。

　顔を合わせるたびに小雪に対して文句を言ってくる。

　どうやら小雪に強いライバル意識を持っていて、どうにか勝ちたいと思っているらしい。

　由良のことは小人物だと思っているので、ちょっと難癖をつけられたくらいでは腹は立たない。

　逆三角形の小顔に目鼻立ちは整っている。

　いつもイライラしているような目つきが、性格の落ち着きのなさを表している気がする。

「そう？　このブラウスは麻袋をタマネギの皮で染めた布でできてるんだ。ワイドパンツは和服の生地で作ったものなんだよ。どっちも風をよく通すから暑い日にはいいんだよ。友だちが素材をリユースして作っているんだ。トップスは薄茶でボトムスは藍染め（あいぞめ）だから、地味だと思うけどな」

淡々と小雪は言った。

今日の服は上下とも美大時代の友人が作ったものだ。都内のナチュラルファッション系のショップに納めているものを先んじて譲ってもらった。

「なんつうか、薄汚れてたら目もあてられない服じゃんか」

由良は顔を大げさにしかめた。

「うちの班じゃ誰もなんにも言わないよ」

小雪はまじめに取り合う気がしなかった。

通勤時だけのことだし、派手な色合いや大好きなデニムは避けている。どうせ仕事中は現場鑑識用作業服姿なのだ。

「まぁいいけどさ。機鑑隊にふさわしい私服で通勤して来いよ」

えらそうに由良は指導めいたことを口にした。

（機鑑隊にふさわしい私服ってどんなのよ）

言い返そうかと思ったがこれ以上やりとりするのは面倒だ。返事もせずに小雪は更衣室に逃げることにした。

さっさと作業服に着替えた小雪は、更衣室から出て掃除機を掛け始めた。

由良はなにも言わずに、スマホの画面を見ている。

清々とした気持ちで、小雪は執務室の掃除を続けた。

しばらくすると、池田班長をはじめ第二班の隊員たちが次々に出勤してきた。

「朝から暑いですけど、おはようございます」

小雪は隊員たちに向かって元気いっぱいにあいさつした。

「おはよう。暑さに負けず今日も頑張ろうね」

池田班長は満面に笑みをたたえてあいさつを返してくれた。

白いブラウスに黒いパンツというオーソドックスなファッションだった。

こういう服で通勤してくればいいのだろうか。

だが、小雪にとっては自分でないような不安感を覚えるファッションだった。

それは就職活動の面接で感ずるのと同じような不安感だった。

さっと池田班長は作業服に着替えてきた。

蜂須賀補佐と池田班長は引き継ぎを始めた。

八時半を過ぎて、蜂須賀補佐や第一班のメンバーは帰宅の途に就いた。

「こんな日は泳ぎに行きたいよね」

窓の外を眺めながら、池田班長がつぶやいた。

「班長と海水浴なんていいですね」

目尻を下げた平井が嬉しそうに言った。

「おまえ、何考えてんだ」

戸川が持っていたなにかのパンフレットで平井の頭を叩いた。

「痛っ。なにするんですか」

冗談めかして、平井は大げさに自分の後頭部をさすった。

池田班長は二人のやりとりを無表情に聞き流していた。

「おはようございまぁす」

ひときわ元気な声が響いた。

ワイシャツ姿の小柄な若い男が執務室に入ってきた。

江の島分駐所に所属するただ一人の事務職員である諸岡一哉(もろおかかずや)主事が出勤してきたの

だ。

諸岡は完全日勤だ。月曜から金曜まで、朝八時一五分から夕方五時一五分の勤務態勢である。従って小雪たちのような夜間勤務や土日の勤務はない。早朝に発生した平塚市高浜台の事件や、夜間に発生した大磯町西小磯の事件の際は諸岡は帰宅しているわけだ。

丸顔でタレ目の好人物そのものの雰囲気を持つ男だ。

江の島分駐所で使用する試薬や鑑識用資材の購入などの予算執行は彼の仕事である。

二台の鑑識車や分駐所内で使う事務機器などの什器(じゅうき)の管理も仕事の一部になる。

また、機鑑隊が集めた証拠類を、県警本部の鑑識課に送る手続きも諸岡が行っている。実際には午前中に横浜の本部から来る箱バンに、分駐所と江の島署から本部に送る資料や文書を載せる。内部では逓送便(ていそうびん)と呼んでいるが、これに関する事務は分駐所では諸岡が担当する。

また、これがもっとも重要かもしれないが、所属する一五人の警察官の給与・手当や所得税などの事務処理もしている。警察共済組合関係……つまり民間の健康保険や厚生年金保険の事務も諸岡の仕事になる。

一方、隊員たちが出払っているときの本部をはじめとする各機関との連絡役も担っている。

彼は県立高校の事務室に似た仕事をしているわけで、文字通り、縁の下の力持ちとも言える。

目立たないが、諸岡がいなければこの分駐所はまわっていかない。

諸岡は二五歳でこの分駐所いちばんの若手である。

大学卒業後三年間は海岸通りの県警本部で働いていた。

彼が八時一五分の出勤時間ぎりぎりに出勤するのは毎日のことらしいが、文句を言う者はいないし、諸岡も気にしているようすはない。

「おはようございます」

諸岡は池田班長に元気よくあいさつした。

「おはよう、諸岡くん。今日もよろしくね」

小雪は二年ちょっと前まで同じ立場の神奈川県警事務職員だったので、なんとなく親しみが湧く。

三班一五人すべての警察官とふだんから接している唯一の職員である。

小雪たちは引き継ぎや交代のときしかほかの班の隊員と会うことはないが、彼は違う。

いきおい誰よりも隊員たちについて詳しい情報を持っている。

「よろしくお願いします。朝比奈さん、また、カレー作ってくださいよ。あのパクチー多めの味はクセになりましたよ」

にこにこしながら諸岡は席に着いた。

「了解です！」

小雪は明るい声で答えた。

半月ほど前に、小雪はタイ風グリーンカレーを作ってきた。

昼食だったので、諸岡にもお裾分けすることができたのだ。分駐所の夕食時刻には諸岡は退勤している。

そのとき、通信指令課からの入電を示すブザーが壁のスピーカーから鳴り響いた。

全員の意識がスピーカーに集中する。

小雪は緊張してスピーカーからの音声を待った。

――横須賀市浦賀の住宅で、独り暮らしの老人が変死しているとの一一〇番通報あり。横須賀署各課は現場に急行せよ。現場の住所は横須賀市浦賀六丁目×××番地。繰り返す。横須賀市浦賀の住宅で……。


「横須賀署は大きいからこっちにまわってこないかもしれませんね」

磯部がのんきな声を出した。

「横須賀署の鑑識係だけで足りればいいけど、今回の事案も大きいよね」

池田班長は難しい顔をした。

「変死っていう通報ですから、まともな死に方をしていないことは確実ですね。コロシの可能性がありますね」

平井が顔をしかめた。

「浦賀は海には面してるところは少ないけど、東京湾側だから遠いですね」

戸川が眉間にしわを寄せた。

「そうだな、うちの管轄じゃあ、遠いほうかもしれないね」

磯部がうなずいた。

そのとき、外線の着信音が鳴り響いた。

池田班長はさっと電話を取った。

「はい、機鑑隊江の島分駐所です……そうですか。わかりました。すぐに現場に向かいます」

キリッした声で答えて池田班長は受話器を置いた。

最初のうちは下っ端である自分が電話を取るべきだと考えて右往左往していた。

しかし、通信指令課の入電がスピーカーから流れた直後の電話は、ほとんど出動要請と考えて間違いがない。重要な電話だからベテランが取るべきということに小雪は気づいた。

「出動要請よ。さぁ、浦賀まで急行しましょ」

池田班長の力強い声が響いた。

「わかりました」

「了解です」

「よっしゃ」

「行くぞ」

小雪たちはそれぞれ池田班長に負けぬ力強さで答えた。

「調べてみますと、意外と近いですよ。逗葉新道と横浜横須賀道路を使えば三〇キロくらいで、一時間はかかりません」

スマホでマップを調べていた平井が明るい声を出した。

「いってらっしゃい！」

諸岡に見送られて五人は駐車場に向かった。

2

今日も一台の鑑識車にいつもと同じような着席順で出発した。

横須賀は藤沢や茅ヶ崎、平塚とは逆の東方向だ。

分駐所の前を通る国道一三四号の右方向へ進まなければならない。

この先の国道一三四号はすぐに片側単車線になる。

渋滞が始まると、サイレンを鳴らしても、時間が掛かってしまう。

幸い今朝はまだ、横浜や東京方面などからこの付近に到着している海水浴客や観光客のクルマは少なそうだ。

「平井、サイレン鳴らして」

池田班長は手短に命じた。

「了解です。逗葉新道に入るまでは、混まない時間のうちに抜けたいですね」

快活な調子で平井は答えた。

サイレンと赤色回転灯のおかげで鎌倉と逗子の海岸は空いているうちに抜けることができた。その後の県道も順調で、横浜横須賀道路の浦賀インターを降りたのは、分駐所を出て三五分後だった。

「この浦賀通りって県道から外れると、道がわかりにくくなるんだ。道幅もぐんと狭くなるはずだよ。戸川さん、頼みますよ」

まじめな口調で平井は頼んだ。

「まかせとけ」

戸川は自信たっぷりに言って、カーナビを見ながら狭い道を右、左とテキパキ指示していった。

平井は戸川の指示通りにステアリングを切り続ける。

もし戸川がいなかったら、平井は分岐点のたびに悩むことになって、到着時間はずっと遅くなることだろう。

ナビゲーターの戸川の存在が大きいことを、小雪はあらためて感じた。

浦賀インターを降りてから住宅地のなかを一〇分少し進むと、道はすれ違うのがやっとの幅員となってかなりの勾配の上り坂となった。

坂の途中にも何軒もの家があったが、まわりは竹林や広葉樹を中心とした雑木林に変わった。ところどころに野菜畑も点在している。

こんな農地が横須賀の市街地からそう遠くない場所に存在していること自体が、小雪には驚きだった。

「あれじゃないかな。番地からすると間違いないだろう」

戸川が前方の林に囲まれた大きな家を指さした。

「大きな家だな」

平井はなにげない調子で言った。

大きな建物だと、鑑識作業が大変になる場合が少なくはない。

正解はすぐにわかった。

さらに近づいてゆくと、戸川が指摘した建物の前に数台の警察車両が駐まっていた。

3

現場建物は農家として建てられたらしく、全体にゆったりとした造りで玄関前にもかなりのスペースが確保してあった。

覆面パトカーが一台、鑑識車と思われるシルバーメタリックのワンボックスカーが一台駐まっている。さらに警察スクーター一台が玄関の前の広い場所に整列していた。

平井はその端に鑑識バンを滑り込ませた。

小雪たちは次々にクルマから降りた。

戸川がリアゲートを開けて、小雪たちは次々に必要と思われる道具が入ったバッグやケースを取り出した。

陽ざしは強く、いっぺんに汗が噴き出た。

小雪はあまり汗を掻かないほうだが、今日は蒸し暑くてかなわない。

今年の夏も厳しくなりそうだ。

六月一日からは現場鑑識用作業服も夏用のものになったが、長袖なので暑さは避けられない。

まわりの雑木林からはミンミンゼミの声が響いてくる。

庭は広く一部は畑になっていた。畑の隅にはヒマワリが数本植えられていて黄色い花が元気に咲いている。

畑にはトマトやナス、キュウリにシシトウが豊かに実っていた。

建物の玄関は両側に開く引戸のスタイルだった。

玄関の脇で立哨していた制服警官が挙手の礼を送ってきた。

代表して池田班長が頭を下げた。

玄関の横には板張りの長い縁側があって、その背後には三枚の雨戸が続けて閉まっている。犯人の侵入路なのか、一枚の雨戸が半分ほど開いているのが目を引いた。

「ああ、所轄の鑑識も来てるんだ」

平井が言うとおり、縁側のまわりで現場鑑識用作業服の四名の男たちが指紋や足痕の採取作業に従事している。

「お疲れさまです。機鑑隊の江の島分駐所です」

磯部が声を掛けると、四人は作業の手を止めて振り返り、それぞれ頭を下げた。

「どうも、横須賀署刑事課鑑識係長の津野です」

ちょうど磯部と同じくらいの年齢の顔の丸い男があいさつをしてきた。

キャップのちいさな階級章は警部補だ。

「おはようございます。機動鑑識隊江の島分駐所第二班長の池田です」

池田班長は丁寧にあいさつをした。

二人は階級では同格ということになる。

「あなたが班長ですか。よろしくお願いします」

にこやかに津野係長は言った。笑うと目が細くなって人がよさそうな雰囲気になる。

「こちらこそです。横須賀署は何人もお見えのようですが？」

やんわりと池田班長は訊いた。

「横須賀署からは鑑識係が四名と強行犯係が五名来ています。最初に来ていた機動捜査隊から強行犯係の連中が引き継ぎを受けています。強行犯係長はうちの刑事課長と相談して検視官に臨場して頂くよう本部に連絡しました」

津野係長は表情を変えずに言った。

「横須賀署に捜査本部(チョウバ)が立つのは確実ですね」

池田班長が眉根を寄せると、津野係長はうなずいた。

検視官は事件性の有無を判断する。検視官の判断は捜査本部の設置に決定的な影響を与える。

事件性があると判断された遺体は司法解剖に回されることが多い。

検視官には刑事部門の捜査経験が一〇年以上ある者が、警察大学校で法医学を学んだうえで任用される。本来は警視の職だが、実際には警部階級の者も多い。鑑識畑を中心に歩んできた者も少なくない。

「強行犯係の一部の者は、近所の家に事件の目撃者がいないか聞き込みにまわっています。強行犯係長も出張(でば)っていますが、『目撃証言は早い内が勝負だ』と言ってはりきっています。鑑識捜査が終わった頃に戻ってくる予定です」

津野係長は笑みを浮かべた。

保存が終わるまでは、刑事たちは現場に自由に入ることはできない。

現場ではなんと言っても鑑識が最優先なのだ。

警察学校で習った話だが、どこかの県警で刑事部長が鑑識の保存作業が終わる前に現場に踏み込んだことがあったらしい。すると、鑑識課員が刑事部長を怒鳴ったそうだ。刑事部長は自分の非を認めて頭を下げて謝ったという。それくらい現場の保存作業はきわめて重要視されている。

鑑識作業が終わったそばから現場を調べてゆく刑事が一般的だが、横須賀署の強行犯係は鑑識係の邪魔をしたくないのだろう。

「目撃証言がとれるといいですね。亡くなった方はご老人なんですよね？」

池田班長は津野係長からいままでにわかっていることを聞き出そうとしているようだ。

「ええ、この家に一人住まいをしていた永見貞夫（ながみさだお）さんという七九歳の男性です」

「農業をしていた方ですか？」

「もともとは市役所に勤めて兼業農家をしていた方です。このあたりに住宅地がひろがった頃に畑を宅地として売り払い相当な資産家だったようです。これからの捜査によってわかると思いますが、資産家なのであるいは強盗事件かもしれません」

自信のある声で津野係長は言った。

「なるほど……ところで、通報したのは近くの方でしょうか？」

「そうです。この下に住んでいる老人で、自分の畑でトウモロコシを収穫したので永見さんにお裾分けに来たそうです。それで声を掛けたが返事がない。玄関の鍵が開いていたので中に入ったそうです。その方は毎日のようにこの家を訪ねていて、永見さんが二階で寝ていることも知っていました。で、急病ではないかと心配して二階に上がったところ、胸から血を流している永見さんを発見したんですね。泡食って一一〇番通報したんです。最初に駆けつけた横須賀市消防の救急隊が死亡確認をして機捜が引き継ぎました。遺体は胸を刺されているそうです。まだはっきりはわかりませんが、死斑の状態などからも見て死後一〇時間かそこらは経っている感じですね」

津野係長は淡々と説明した。

「つまり昨夜遅くの犯行だという可能性が高いのですね」

「そうです。このあたりは夜は静かなところで、犯人の目撃証言もなかなか取れないかもしれません」

「捜査に時間が掛からなければいいのですが……」

「おっしゃるとおりです」

「いままでの作業でわかったのはどんなことですか」

池田班長は訊いた。

「足痕や指紋のようすでは、四人が押し入ったみたいです。まだ、建物の内部は見ていないので詳しいことはわかりませんが、この雨戸の鍵を壊して開け、犯人の一人が内部に入って玄関の内鍵を開けた。その後、残り三人が玄関から建物内に入り込んだようです」

「あの……横須賀署さんとうちでどのように仕事を分担しますか」

やわらかい口調で池田班長は尋ねた。

「うちのほうでは、まず建物の外回りの足痕を採ります。縁側に残された足跡と指紋も採りたいと思います。建物裏側も見てまわります。ここまででかなり時間が掛かると思いますが、外回りは失われやすいですからね」

津野係長は眉根を寄せた。

「上天気でしたが、雲が増えてきましたね。万が一でも雨が降ると厄介ですね」

池田班長は空を見上げた。

小雪も同じように空を見た。

西の相模湾方向の空に灰色の雲が広がっている。

直ちに降るような雰囲気ではないが、降ったら足痕などは流されてしまうだろう。

そうなれば、犯人たちの侵入経路がわかりにくくなる。

津野係長が外回りの足痕保存を急ぎたい気持ちはよくわかった。

「では、機鑑隊は玄関から内部の保存に手をつけたいと思いますが……」

池田班長は提案した。

「お願いします。二階の遺体までの経路を保存してくだされば、うちの強行犯係も入れます」

津野係長はかるく頭を下げた。

「では建物内に入ります」

池田班長は宣言するように言って、頭部や袖、靴にビニールカバーをつけた。

小雪たちもいっせいにビニールカバーを着用した。

立哨していた制服警官はちょっと離れて場所を空けた。

「玄関の引戸については外側は指紋採取をしてあります。永見さんや第一発見者の指紋と思われる複数の指紋が見つかっています。内部についてはいっさい手をつけていませんのでお願いします」

津野係長が丁寧に頼んだ。

「了解です。みんな玄関から屋内に入るよ」

池田班長は先んじて引戸を開けた。

建物内に入った彼女に小雪たちは続いた。

直射日光は避けられたものの、ムッとくる蒸し暑さはかえってひどくなった。

小雪は襟元の汗を拭った。

4

玄関を入ったところは土間で、二畳くらいあった。

コンクリート敷きの土間には鍬（くわ）やスコップ、バケツなどの農機具が置いてあった。

「意外と広い土間だね」

池田班長は土間を見まわしながら言った。

現代の住宅ではあまり見ない構造だ。

土間の一部分が部屋の入口になっていて、上がり框（かまち）から先は茶色い木の床の廊下だった。

廊下の左右にはふすまが立てられている。ほかの部屋に続いていると思われた。犯人が動いた経路だけを捜査すればよい。そこには指紋や足痕、あるいは毛髪などの遺留物が残されているのだ。

廊下の突き当たりにはトイレがあった。引戸が中途半端に開いているのでトイレであるとわかった。

さらに廊下の途中の左側に二階に続く階段が設けられていた。

また、左手すぐに縁側に続く廊下が見えた。

半分開けられた雨戸から光が差し込んでいる。

つまり土間から部屋に入るところで、まっすぐ廊下が続き、途中には二階への階段がある。

さらに左側には縁側に沿った廊下がもう一本あるわけだ。

「戸川はこの土間の足痕をALSライトで確認して、磯部は写真を撮りなさい。それが終わったら集塵機(しゅうじんき)を掛けるのよ」

池田班長は手早く命じた。

「了解っす」

「おまかせください」

二人はゴーグルを掛け、ライトやカメラ、集塵機を用意した。

集塵機は床などに落ちた毛髪や人体・着衣の組織を集める機械である。

見た目と機能はほとんど電気掃除機だ。

集めた資料は県警本部の鑑識課などに送って微物鑑定をしてもらう。犯人のＤＮＡが判明するような証拠が収集できる場合もある。

コンクリートの土間はかなり広い。

戸川と磯部の作業には時間が掛かりそうだ。

「朝比奈は上がり框を上がったところから一階の廊下すべてをＡＬＳライトで確認しなさい。平井が写真を撮って。その後は廊下に集塵機を掛けるのよ」

「はいっ」

小雪はうわずった声で叫んだ。

ずっと使いたいと思ってきたＡＬＳライトだ。

大磯の現場で平井が手際よく使っている姿を見て憧れた。

しかもＡＬＳライトと赤外線一眼レフカメラは、蜂須賀補佐が積極的に導入したものだ。いわば彼の精神を示したような鑑識道具なのだ。

分駐所の建物内で練習はしたが、本番で使うのは初めてだ。

このライトは使用頻度の高い三種類のフィルターの基本システムだけでも二〇万円。全八種類のフィルターをセットしたものは四〇万円もする。

ちなみにフィルターはヘッドに内蔵されていて、ヘッドを取り替えるだけで異なる光を照射できる。

「フィルターはどれを使うかわかっているかな」

平井が訊いてきた。

「はい、足痕と指紋の両方に使えるのは波長が五〇〇ナノメートルの水色です。水色ライトはオレンジで見ることができます」

小雪は張りきって答えた。

五〇〇ナノメートルの光は紫外線領域であって赤外線ではない。

法科学にはおもに紫外線領域の光を使う。

「おお、しっかりと記憶してるな」

平井は機嫌よく冗談っぽい声を出した。

ＡＬＳライトを使えるようになりたいから、すべてのフィルターとゴーグルの種類は覚え込んだ。

遺体などに残った嚙み跡、打撲痕、アザなどは三六五ナノメートルの黒のライトを用いる。紫、青、水色、緑、琥珀、赤、白と各色のフィルターを内蔵したランプの色は八色も存在する。この光で足痕などの対象物を見えるようにするゴーグルは透明なＵＶカット、イエロー、オレンジ、レッドと四種類もあるのだ。

「じゃ、ＡＬＳライトとゴーグルを取り出しますね」

元気よく小雪は言った。

「落とすなよ」

にこやかに平井は言った。

「落としたら夜逃げするしかありません。夏のボーナス使っちゃいましたから」

冗談を言いながら、小雪は黒い樹脂ケースを開けた。

使用頻度の高い黒、青、水色のヘッドと本体、バッテリーチャージャーが入っている。

ちなみにこのバッテリーは通常の使用では九〇分程度しか保たない。ALSライトによる捜査は手際よく進める必要がある。

別のバッグから取り出したゴーグルを掛けると、世界がオレンジ色になった。

小雪は上がり框のところで這いつくばってALSライトの光を床に当てた。

「ああ、見える！」

肉眼では見えなかった足痕がいくつも浮かび上がっている。

薄いブルーの光のなかで、白っぽく足痕のかたちが光っている。

パッと見ても何種類かの足痕が残っている。

サイズからすると、すべて男性の足痕のようだ。

皆、土足で入り込んだのなら、かえって靴底の跡が採れる。

この靴底は犯人逮捕の大きなきっかけになる場合もある。

パターンの違う靴底が四つ……いや……足りない。

「うわっ、裸足！」

そのうちの一人分はなんと裸足だった。

サンダル履きで、それが脱げたのか、この人物は裸足で廊下を歩いたのだ。

「そうか。足紋が採取できるな。班長、侵入者のうち一人は、裸足です」

平井は明るい声で池田班長に声を掛けた。

足紋がわかるということは個人識別が可能なのだ。

「そうだね。戸川、土間が終わったら、上がり框付近で裸足の足痕を粘着シートに採りなさい。いざというとき、犯人を追い詰めることができる」

池田班長は戸川に新しい指示を与えた。

「裸足で強盗に入るとは間抜けなやつがいたもんだ」

せせら笑うように戸川は言った。

戸川が言うとおり、犯人たちはあまり優秀な犯罪者ではないように思われた。

少なくともプロの犯罪者ではないと感じる。

ほかの三人の犯人は、誰も裸足の人物に注意をしなかったのだろうか。

左手の縁側の方向からひとつの足痕が上がり框まで続いている。

残り三名は左手の廊下を通らずに玄関からまっすぐにこの廊下に上がっている。

「この縁側に続く廊下に足痕が玄関に向かって一方通行で続いています」

小雪は池田班長に向かって言った。

「さっき津野係長が左の縁側の雨戸の鍵を壊して一名が侵入したと言っていたね。で、内側から玄関の鍵を開けたって言ってた」

　池田班長はうなずいた。

「津野係長のお考えは正しいと思います。残りの三人は直接玄関から侵入していま
す」

　小雪は縁側のほうを眺めながら言った。

「やっぱりそうなんだね。わたしは玄関の引戸を中心に、土間の指紋を採っているよ。

なにかあったら声かけて」

　明るい声で池田班長は言った。

「わかりました」

　小雪と平井は声を一にして答えた。

　床に目をくっつけんばかりにして、小雪は廊下を進んだ。

　足痕は廊下のひろい範囲に存在する。

　階段の下あたりにもかなり多くの足痕が見える。

「犯人たちは、けっこう歩き回ってますね」

上体を起こして、小雪は平井に告げた。

「そうだな……面倒だな」

平井はカメラから顔を離すと、軽く顔をしかめた。

「まずは上がり框から左右のふすまの前まで、まっすぐに写真を撮ってください」

小雪が指示しながら照らす床を、平井が赤外線一眼レフカメラで撮影した。

「了解」

カメラのシャッター音が響き続けた。

「ん！」

小雪はおかしなことに気づいた。

足痕は四人分だ。

左の縁側方向からやって来て玄関の鍵を開けたと思われる足痕をAとしよう。

玄関の引戸から入った足痕は三人分だ。

そのうちひとつは裸足のBだ。

残りの二つのうち、ひとつは大きな靴底の痕だ。この足痕をCとしよう。

最後の一つであるDの足痕だけが小雪には引っ掛かるのである。

ほかの三つは右へ行ったり、左へ行ったり、廊下を不規則に歩き回った後で階段に向かっている。

とくに落ち着きがないのが、裸足のBであった。

Bは廊下のいちばん奥のトイレにも立ち寄ったようである。

どうやらトイレの引戸をきちんと閉めなかったのはBなのではないだろうか。

とにかく犯人たちは、左右のふすまを開けて室内を確かめていたのだと考えられる。

その後で、二階に向かったと考えるのが自然である。

こういう幅広い範囲を歩き回っている足痕は、その主が現場住宅の居住者でないことは明らかだ。

勉強のために写真を見せてもらったが、大磯の現場などではこのような不規則な動きの足痕は見られなかった。

手嶋夫妻のうろうろと歩き回るような足痕は見出せなかった。

間取がわからない現場住宅に押し入った者とでは明らかに異なる軌跡を辿る足痕だった。

その点、三人はこの家の間取などは把握しておらず、被害者の永見さんがどこにいたのかもわからなかったのだ。それは残された足跡から一目瞭然だ。

つまり押し入ったものの五里霧中で歩き回っていたとしか思えない。

だが、Dだけは違う。

Dはまっすぐに階段に向かっているのである。

なぜ、Dだけがほかの三人とは違って、迷うことなく永見さんが寝ていた二階へと向かったのか……。

5

写真撮影が終わり、集塵機を掛ける作業が終わった時点で、小雪は平井に声を掛けた。

「平井さん、玄関から上がってまっすぐに階段に向かって、そのまま二階に上がっている人物が一人います」

小雪は言葉に力を込めた。

「えー。どいつの足痕だ？」

いったんカメラを顔から離して手に持って、平井はゴーグルごしに廊下を眺め直した。

「ほんとだ。たしかに一人だけ行動が違う」

土間から上がって迷いなく進んだ足痕を確認できたようだ。

「なんでこの一人だけ足痕に迷いがないんでしょうか」

素朴な疑問だった。

「こいつがリーダーなんじゃないの？」

思いついたように平井は言った。

「リーダーですか？」

だが、小雪には納得できなかった。

「うん、ほかの三人に永見さんの居場所を探させといて、わかるまでは土間から動かなかったとかさ」

平井は力なく笑った。

「そうですかねぇ」

釈然としない気持ちがそのまま声に出た。

「ほかに理由がないだろ。朝比奈には思いつくのか」

口を尖らせて平井は言った。

「考えつきません」

小雪は首を横に振った。

「まぁ、あとで班長に言っとけよ」

あまり大事なことだとは考えていないような平井の口ぶりだった。

土間の作業が終わったらしく、池田班長、磯部、戸川の三人は廊下に上がってきた。

「犯人一味らしき指紋がいくつか採取できたよ。足痕も全員分採れた。やっぱり素人の犯行だね。これだけ証拠をやたらと残してくんだから、捕まえてくれって言っているようなもんだね」

池田班長はあきれ声を出した。

「アホな裸足男の足紋をしっかり採ろうっと」

戸川は笑いながら、上がり框付近で鑑識用粘着シートを取り出した。

「班長、ちょっと気になったことがありまして」

小雪はとりあえず池田班長の耳には入れないといけないと思っていた。

　さらに彼女の考えが聞きたかった。

「なに？　気になったことって？」

　けげんな顔で池田班長は訊いた。

「侵入者の足痕はご存じの通り四人分あります」

　あたりまえのことから小雪は始めた。

「そうね、四人は間違いがないところだと思うね」

　池田班長は、なにが言いたいのかという顔をした。

「犯人たちは、建物内に入ってからもウロウロと歩き回っています。永見さんがいる場所がわからず探していたんだと思います」

　小雪は思ったままを口にした。

「そうね、その推察は正しいでしょう」

　池田班長は静かにうなずいた。

「おまけにあの裸足の人物はトイレを使っている可能性すらあります」

「裸足の人物だけでなく、犯罪に関しては素人の集団だね。土間でもいくつかの指紋を採取できたよ」

池田班長は口もとに笑みを浮かべた。

「でも、そのなかで一人だけ、まったく違う動きを見せている人間がいるのです」

小雪は池田班長の目を見てゆっくりと言った。

「え？　どういうこと？」

池田班長もまた小雪の目を見た。

「平井さん、あの『迷いなき男』を撮った写真を見せて頂けませんか」

足痕分布の写真を見てもらうのが早いと考えて、小雪は平井に頼んだ。

「ははは……『迷いなき男』ね。朝比奈はうまいこと言うな」

笑いながら、カメラのちいさなボタンを平井はささっと操作してくれた。

「まぁ、こんな感じですね」

平井が赤外線カメラで撮影した映像を、背面の液晶モニターに映して池田班長に見せた。

青白い光の中で白く光る足痕がしっかりと映っている。

「ほら、この足痕なんですが、ほかの三人とは違って土間から上がったらまっすぐに階段に向かっていますよね」

熱っぽく小雪は言った。

「たしかにこの足痕は迷いなく階段を目指しているわね」

池田班長は背面モニターをじっと眺めてうなずいた。

「これには、どんな理由があるのかと不思議でして」

考えれば考えるほど、理由はわからない。

だが、この違和感は拭うことはできなかった。

「俺は、この男はリーダーじゃないかって思いました。だから子分たちに永見さんを探させた。自分は動かずにいて、二階という居場所がわかってから階段を上っていったと考えたわけです」

理屈っぽい調子で平井は言った。

「そこまで決めつけていいかはわからないよ。この足痕の軌跡だけでリーダーと決めるのは乱暴だと思う」

池田班長は難しい顔をした。

「うへっ、乱暴ですか」

平井は首をすくめた。

上がり框のところで作業していた戸川が近づいてきた。

「裸足野郎の足痕はシートにバッチリ採りましたよ」

戸川は言葉を続けた。

「それにしても、朝比奈も平井も考えすぎだよ。犯人がみんな同じ動きをするとは限らんだろう」

小雪の違和感など、まったく意に介さないような戸川の言葉だった。

「土間の写真終わりました」

磯部が土間から廊下に上がってきた。

「じゃあ、二人は階段の足痕をＡＬＳライトで照らして写真に収めてちょうだい」

池田班長はさっと次の指示を出した。

磯部と戸川は力強く答えて階段を一段目から確認し始めた。

「まぁ、朝比奈みたいに複雑に考えなくても、この人物がなんらかの理由でほかの三人より少し遅れてやって来たとしたら、こういう足痕になると思うよ」

池田班長は考え深げに言った。

「どういうことですか」

小雪は班長がどんな理屈を考えているのかを知りたかった。

「簡単に考えればいいんじゃないかな。その『迷いなき男』は、なんらかの理由で遅れて建物内に入った。先に建物に入った三人はその時点で永見さんが二階にいることを知っていて、『迷いなき男』がやって来た途端に伝えた。だから、その男は玄関からまっすぐに階段へ向かった。と、これなら筋は通るでしょ」

池田班長は自信なさげに言った。

「なんで一人だけ遅くなったんですかね」

小雪は素朴な疑問を口にした。

「そうねぇ。遅れた理由はわからないのよ。自分で言ってても、そこが難点だなとは思った」

照れたように池田班長は笑った。

「別のクルマで来たんなら、一人だけ遅れてきた理由は成り立つと思うんです。たとえば信号一ヶ所で引っ掛かっても到着時間にかなりの差が出ることはあり得ます」

平井は考えながら答えを出しているように見えた。

「それはあるかもね」

池田班長はあいまいに笑って言葉を継いだ。

「津野さんたちがクルマのタイヤ痕を調べていると思うよ。それで一台で来たのか二台で来たのかはわかると思う」

「あ、外じゃクルマのタイヤ痕も調べてますか」

小雪は初めて気づいた。

「こんな場所だからね、犯人が歩いてくるとは思えない。犯行後、逃げるのも難しいでしょ。犯人たちは必ずクルマやバイクを使ったはずだよ。津野さんたちはタイヤ痕を見ているはずだよ」

自信ありげに池田班長は説明した。

なるほど、今回の事件のような場合はタイヤ痕も重要なのだと小雪は勉強になった。

たしかに居住者のクルマ以外のタイヤ痕があれば、犯人のものである可能性は高い。平塚市高浜台のマンションの駐車場には十数台のクルマが駐まっていたが、ほとんどは居住者のクルマだったはずだ。従ってタイヤ痕を調べる意味はないだろう。

現場の環境によって、鑑識が調べなければならないものは大きく変わってくるのだ。

鑑識の仕事は、たくさんの現場での経験を経ないと漏れの少ない捜査をするのは難しいなとあらためて思った。

「班長、階段の足痕写真を撮り終えました」

磯部が階段を下りてきた。

「ご苦労さん。とくに変わったことはなかった?」

やわらかい調子で池田班長は訊いた。

「ええ、四人がそれぞれ一往復しているだけのようです」

磯部はきまじめに答えた。

「じゃあ、みんなでご遺体を拝みにいきましょう」

池田班長は低い声で言った。

「わかりました」

小雪の声はかすれた。

6

班長、磯部、平井、小雪の順で階段を上がっていった。

いちばん上の段までいくと、二階の廊下に戸川が立っていた。

「ホトケさんは、この右すぐの和室に寝ています。ふすまが開いているので廊下から丸見えですよ」

無表情で戸川は右の方向を指さした。

「そう……」

言葉少なに池田班長は右手に進んだ。

小雪は全身に力を入れて池田班長に続いた。

「ああ……」

思わず小雪から声が漏れた。

戸川の言うとおりだった。

ふすまが開いている和室に仰向けの死体があった。

浴衣（ゆかた）なのか白っぽい薄手の着物を身につけている髪の真っ白な老人だった。

襟元がはだけて首に紫青色の死斑がはっきりと現れている。

顔は土気色（つちけいろ）で一目で生命を失った存在とわかる。

遺体には表情が少ないことがふつうだと聞いているが、永見老人の遺体の眉間には縦じわが寄っていた。

唇は引き結ばれていて、生命の最後にはなんらかの固い意志を持っていたように思える。

それは恐怖なのか、悲しみなのか、それとも悔しさなのか……。

いまとなっては窺い知ることはできない。

もはやその感情も遠くの空に消え去ったはずだ。

ここに残っているのはそんな感情、あるいは永見さんの精神の残滓に過ぎない。

（ご遺体はホトケなのだ）

心にこの言葉を思い浮かべて小雪は両手を合わせた。

気づいてみると、池田班長をはじめ磯部も戸川も平井も、思い思いに合掌していた。

どんな場合でも、人の死というものは厳粛なものだ。

あらためてそんな思いが小雪の胸に迫ってきた。

「ご遺体については津野係長たちにお任せしましょう」

池田班長の言葉は、小雪には意外に響いた。

この遺体を調べることで、死因など重要なことが見えてくるのではないのか。

また、この寝室をＡＬＳライトによる検査やルミノール試薬による血液の飛沫などを調べることにより、わかってくることがあるはずだ。

場合によっては犯人を特定するための材料を収集できるかもしれないではないか。

それを横須賀署の鑑識係に譲るということは信じられなかった。

そんな重要な部分こそ機鑑隊が担う仕事ではないのか……。

「そうですね。それがいいと思います」

磯部は大きくうなずいた。

小雪には納得がいかなかった。

「あの……ここから先の仕事が大事なんじゃないんですか」

激しくなりそうな自分の声を抑えるようにして小雪は訊いた。

「大事だけど、それはわたしたちの仕事じゃない」

池田班長は静かな声で答えた。

「わたしたちの仕事じゃないんですか」

言葉をなぞって小雪は反論した。

「我々の仕事は初動捜査での現場保存。どこかの時点で所轄の鑑識係か場合によっては本部の鑑識課に引き継ぐのが仕事の本質よ」

諭すような口調で池田班長が答えた。

「初動捜査専門という点では、機動捜査隊と同じような仕事だよ」

かたわらから磯部が言い添えた。

「初動捜査ということはわかりますけど、どこまでが初動捜査なんですか」

小雪は不満を消し去ることができなかった。

「ご遺体は現場から誰が引き取るの？」

池田班長は小雪の目を見て訊いた。

「所轄に引き取ってもらいます。その後は事件性がなければご遺族に、ある場合には司法解剖に付されます」

小雪はきまじめに答えた。

「そう、うちには霊安室はない。ご遺体を冷蔵保存することはできない」

しんみりとした声で池田班長は言った。

たしかにいままでの現場で遺体を引き取ったことはない。それどころか、小雪は極楽袋と警察で俗称される納体袋さえ見たことがないのだ。遺体を納体袋に入れるのは所轄の仕事だ。

「はい、わたしたちはご遺体はそのままの状態で帰庁します」

低い声で小雪は答えた。

「その手続きを担うのは所轄でしょ」

池田班長は間髪を容れずに言った。

「たしかにそうですが……」

小雪は口ごもった。

「それに清拭だって所轄刑事課の警察官が行うのよ」

清拭とは亡くなった人の遺体をアルコールや湯などで拭き清める行為をいう。

大変つらい仕事であることは容易に想像がつく。

「変な言い方だけど、しんどい仕事だけ所轄に押しつけて、鑑識としていちばん美味しいところを自分たちが持っていくわけにはいかないんだよ」

磯部はなだめるような口ぶりだった。

「ま、そういうこと。ご遺体が存在する事件に限らないけど、とにかく、わたしたちの仕事は初動捜査なのよ。朝比奈も引き継ぐべき段階の線引きができるようにならなきゃね」

いくぶん厳しい声で池田班長は言った。

「わかりました。勉強していきたいと思います」

小雪は素直に答えた。

鑑識にとっての初動捜査が、どこまでの仕事を指すのかしっかりと身につけていきたいと思った。

スマホの着信音らしき音が響いた。

池田班長がポケットから電話を取った。

「あ、諸岡くん、お疲れさま。そう……もうそろそっちに向かえると思うって返事しといて。所轄に引き継いでいまの現場を一〇分後には出るって。うん、よろしく」

電話を切ると、池田班長は小雪たちに向かって言った。

「茅ヶ崎市萩園の相模川河原で変死体が発見されたとの一一〇番通報が入ったみたい。遺留物が多くて茅ヶ崎署の鑑識係だけだと手が足りないようなので捜査に加わります。わたしは津野係長にこの現場の引き継ぎをするから、みんなは道具を片づけて出発の準備をしなさい。一〇分以内に出るよ」
池田班長は踵(きびす)を返すと階段へと歩み始めた。
「厄日だな、今日は重大事件が次々に発生するね」
磯部は嘆くような声を出した。
小雪たちはぞろぞろと階段を降りていった。
あらためて機鑑隊の目まぐるしい仕事ぶりを感じずにはいられなかった。
外へ出ると西空の雲は消えていた。
幸い津野係長が心配していた雨降りはなさそうだ。
機鑑隊はいつもいろいろな現場で必要とされている。
だからこそ目まぐるしく働かなければならないのだ。
河原の変死体とはどのような状況だろうか。
今日はまだまだ頑張らなければならないと、小雪は気を引き締めた。
ミンミンゼミの声にアブラゼミの声が混じって浦賀の森は騒々しかった。
緑の香りを乗せた一陣の風が小雪の身体を吹き抜けていった。

第四章　ひらめく時間

1

「今日も墨絵……モノクロームの世界だ」

　小雪はひとり言を口にした。

　絶景に恵まれた江の島分駐所だが、窓から見える海は鉛色に沈み、空は銀鼠色とほとんど墨絵の世界だった。緑色に見えるはずの江の島さえ羊羹色に沈んでいた。

　明け方に雨はやんでいたが、どんよりと曇っていた。

　こんな天気の日はどうしても気分が暗くなりがちだ。

「毎日、雨はうんざりだな」

後ろから近づいて来た平井が窓に立って外を眺めながら嘆くように言った。

「梅雨ですからね」

小雪は振り返って答えを返した。

「いまはやんでるからいいよ。雨降りに外で仕事するのはつらいよな」

平井は眉根を寄せた。

「先月はそんな日が何回かありましたね。なんだか寒い日が多かったです。雨衣(あまぎぬ)をがっちり着てるから濡れることはなかったですけど、身体が冷えました」

天候の悪い日の屋外での鑑識捜査がつらいことは言うまでもない。

地域課でも交通課でも雨降りの日は、屋外で勤務するすべての警察官の機嫌が悪い。

「でも、顔周辺は盛大に濡れるよな」

顔をしかめて平井は席に戻っていった。

毎日うっとうしい雨降りが続いていた。

梅雨入りは遅かったが、予報では平年並みに七月の二〇日過ぎには梅雨明けと言っている。

まとまった雨が降る日もあって空(から)梅雨という雰囲気はなかった。

午前九時半過ぎの執務室には池田班長と四名の隊員、さらに諸岡主事が出勤していた。

席に戻った小雪はバインダーに綴じられた資料に目を通していた。

今月頭に浦賀で起きた事件に関して、本部捜査一課から江の島分駐所と近隣所轄署に配布された資料だった。

浦賀の永見さん事件は殺人と断定され、横須賀署に捜査本部が立った。

多くの捜査員が集められて捜査に専念している。

たくさんの証拠を現場に残した四人の犯人はまだ捕まっていない。

あの建物に侵入して永見さんを殺した四人組については、資料にも詳しいことが掲載されていなかった。

どのような人物か、性別も年齢も現時点では特定すらされていないのだった。

機鑑隊や横須賀署の鑑識係が採取した多数の証拠一覧は掲載されていた。

小雪はただのテキストの羅列を食い入るようにして眺めた。

やはり彼らは二台のクルマで現場に押しかけていたらしい。一台は小型乗用車でもう一台は軽自動車のようだ。

ただ、タイヤ痕から具体的な車種は特定できてはいなかった。

有力な目撃情報が得られないことも捜査が進まない理由かもしれない。

捜査本部は、刑事部各部署や所轄に対して、この事件に関連する情報を入手したときには直ちに捜査一課まで連絡するようにとの文書を、この資料に添付していた。

もっともまだ半月も経っていないので、捜査はこれからなのかもしれない。

あるいはすでに犯人たちについてある程度の目星はついているのかもしれない。

小雪が熱心に捜査資料を読んでいたら、池田班長が小雪の顔をじっと見た。

「ちょっと聞いた話じゃ、捜査本部は今回の実行犯は闇バイトだと考えているらしいよ。たしかにいろいろ証拠を残している点も粗雑だもんね。永見さんがあの家に隠し持っていた五〇〇〇万円ほどの現金にも手をつけずに退散したらしいよ」

池田班長は笑みを浮かべて言った。

「そうなんですか」

小雪は池田班長の目を見て答えた。

闇バイトとは少年や若者を高額報酬をエサにアルバイトと称して募集し、脅迫などの手段を用いて特殊詐欺や強盗等の重大な犯罪の実行犯を務めさせるような行為や、その少年たちを言う。近年、闇バイトを使った凶悪な犯罪が後を絶たない。警察庁は「その実態は、犯行グループが切り捨て要員の実行役を手広く募集するもの」としている。

闇バイト事件は実行犯がまったくの素人のため、たいてい犯人は早期に逮捕される。しかし、その指示役などの黒幕は身元を秘匿するテレグラムやシグナルなどのアプリを使用するため、捜査の手が届きにくいという実態が存在している。

「まぁ、あの犯行態様からすると、捜査本部がまず闇バイトを疑うのは無理がないでしょうね」

のんびりとした口調で磯部が言った。

「せっかく俺が裸足男の足紋をガッチリ採ったんだから、あのアホ連中をさっさと逮捕してくれよ」

戸川が憤懣やるかたないようすで鼻から息を吐いた。

足紋や指紋は被疑者が浮上してきた際の特定や、逮捕された犯人が起訴されたときの追及には絶大な効果を発揮する。

しかし、広い世間から被疑者を捜す段階ではあまり役に立たない。

犯人が誰だかわからない段階では、近隣の住民の目撃証言や設置されている防犯カメラの映像などが有力な武器となることが多い。これを刑事たちが集める捜査を地取（じど）り捜査と呼ぶ。

また、被害者の家族、友人、知人、同僚などを調べて動機のある者を捜す捜査も重要である。この捜査を鑑取（かんど）り捜査と呼ぶ。

鑑識が集めた犯人の遺留物から、刑事たちが犯人に関するさまざまな情報を集める捜査は遺留品捜査と呼ばれる。ここから犯人が割れることもある。

（浦賀の事件は遺留品もないし、目撃証言も得られないいまの段階じゃ鑑取りが重要だよなぁ）

小雪はそんなことを考えていた。

突然、通信指令課からの入電を示すブザー音が執務室に鳴り響いた。

「おや、おいでなさったね」

平井がいくらかはしゃいだ声を出した。

出動要請がほしかったところなのだろう。

──横須賀市秋谷一丁目の住宅で高齢の女性が変死しているとの一一〇番通報あり。横須賀署各課は現場に急行せよ。現場の住所は横須賀市秋谷一丁目××番地。繰り返す。横須賀市秋谷の住宅で……。


「先週と同じで横須賀での変死体発見ですよ」

声の調子をいくらか落として平井は言った。

「あれから半月も経っていないのにねぇ」

池田班長はかるく首を振って嘆き声を上げた。

しばらくすると、固定電話の着信音が響き渡った。

「通信指令課ですね。わたしが出ます」

磯部がさっと受話器を取った。

「はい、機鑑隊江の島分駐所。……いま一斉連絡があった秋谷の事案ですね。はい、大丈夫です。了解しました」

磯部は受話器を置いた。

「お呼びなのね」

すかさず池田班長が冗談っぽく言った。

「はい、横須賀署刑事課鑑識係も先に向かうそうですが、手が足りないということです。あちらからぜひ機鑑隊にも臨場してほしいとのことです」

磯部はまじめに答えた。

「津野係長かしら。気に入られたものね。とにかく出かけましょう」

池田班長は親しげな声を出した。

今日も諸岡に見送られて五人は江の島分駐所を後にした。

「国道一三四号で藤沢・鎌倉・逗子・葉山・横須賀とずっと海沿いを行きます。逗葉新道や横浜横須賀道路を使えた先週と違って、ずっと下道ですね。距離は近いけど、意外と時間は掛かりますね。二〇キロ弱で四〇分と出ました」

カーナビを眺めながら戸川が言った。

「緊急走行しますよ」

平井の言葉に池田班長はかるくあごを引いた。

銀鼠色の空の下、サイレンを鳴らしながら鑑識車は横須賀市秋谷へと向かう。

途中、逗子海岸を過ぎて渚橋（なぎさばし）で葉山マリーナ方向への分岐を通り過ぎるとき、《クシェ・デュ・ソレイユ》と手嶋敬子のことを思い出した。

同じ場所を通っても、先週は考えなかったのだから人間の感情は気まぐれなものである。

葉山町から横須賀市に入ったところから秋谷という地名が始まる。

海沿いには有名どころを含めて何軒ものカフェやレストランが建ち並び、海の眺めがよさそうなマンションが散見される。

「このマンションを過ぎたところで左折ね。相当狭いし急な上り坂だ」

カーナビを見ていた戸川が指示を出した。

「了解、気をつけていきます」

停止信号が変わると、平井はステアリングを左に切った。

平井はサイレンを消して回転灯だけにした。

住民に対して遠慮したのだろう。

戸川の言葉通りに狭くて急な上り坂となった。

道路の左右は一戸建ての住宅ばかりでアパート、マンションは見あたらない。

もしかすると集合住宅を規制する市の条例でもあるのかもしれない。

道は終わっていて、突き当たりの左側に建つ家が現場とすぐにわかった。

「あれだね」

平井が顔を正面に向けて言った。

「そうだな、間違えようがない」

戸川はすかさずうなずいた。

ワンボックスの鑑識車と覆面パトカー、警察スクーターが道路の終端部分に向けて、縦に並んで駐車していた。

鑑識車も覆面パトカーも先週の木曜日に浦賀で見たクルマだった。

横須賀署の刑事課鑑識係と強行犯係の捜査員が先着しているに違いない。

現場警備のために駆けつけた地域課職員のものと思われるスクーターの後ろに、平井は鑑識車を駐めた。鑑識車は鼻先を道の終端方向に向けて、かなりの角度で斜めになった。

江の島分駐所を出て三五分しか経っていなかった。

2

小雪たちはいっせいに鑑識車の外へ出た。

幸いにも雨は降っていなかったし、気温もそれほど高くはなかった。

まわりの雑木林からはアブラゼミの鳴き声が響いてくる。

警察車両が並んでいる向かいには一軒の二階建て南欧風住宅が建っていた。

オレンジ色の洋瓦(ようがわら)に白い壁の家は古そうだが、玄関扉などは分厚い木の板で高級そうだ。

庭には二メートルくらいのカナリー椰子(やし)が植わっていて、カーポートには黄色い軽自動車と白い小型車が駐まっていた。

海は見えず、坂に沿って建ち並ぶ家が二〇メートル先から見えていた。

現場はいくぶん孤立した住宅のようだ。

門のところに五〇歳くらいのヘルメットをかぶった制服姿の巡査部長が立っていた。

四角い顔の巡査部長はさっと敬礼をしたが、彼を押しのけるようにして現場鑑識用作業服の中年男が中から出てきた。

横須賀署の津野鑑識係長だった。

「ご苦労さまです。来て頂いて助かりました。機鑑隊の皆さんなら仕事は完璧で安心です」

津野係長は丸い顔にいっぱいの笑みを浮かべた。

「おはようございます。ご指名頂いたそうで」

池田班長は冗談めかして眉をひょいと上げた。

「実はうちの職員は鑑識も強行犯も半分が別の現場に取られちゃってるんですよ。刑事課は浦賀事件の捜査本部に取られているからまったく手が足りないですよ」

津野係長は眉を八の字にして嘆いた。

「なにがあったんですか？」

池田班長は首を傾げた。

「実は久里浜駅近くで朝っぱらケンカする馬鹿者がいましてね。双方が二〇歳前後の若い連中です。一方が夜勤明けで酒を呑んでいて通りかかった女に卑猥なことを言ったらしいんですよ。それで女を連れていた男が腹を立ててその酔っ払いの男に殴りかかったそうです。ところが酔っ払いのほうが石で殴り返しましてね。酔ってないほうが緊急搬送されるような事態になってしまいました。そうなると、立派な傷害事件なんで、強行犯も鑑識も出張るでしょ」

津野係長は顔をしかめた。

「事件扱いするしかないですね」

池田班長はうなずいた。

「そうなんですよ。その後にこっちの通報が入ったわけですが、まさか現場の証拠収集を途中でやめるわけにもゆかず、わたしとあと一人の鑑識係員がこっちに来ました。残りは久里浜の現場が終わったら来ます。強行犯は捜査本部と久里浜にとられちゃって、まだ二人しか来ていません」

津野係長は愚痴っぽく説明した。

そう言えば通信指令課からそんな傷害事件の連絡も入っていたかもしれない。

もちろん江の島分駐所の機鑑隊には出動要請はなかった。

「そりゃあ大変でしたね」

池田班長は同情するような口ぶりで言った。

「ええ、むかしのようにケンカを軽く扱えなくなったこともあります。そのうえ、いまの若いヤツはケンカ慣れしてないんで、相手に大ケガをさせちゃうんですよね。救急搬送されるほどのケガとなると傷害事件として扱わなきゃならないですから」

津野係長は眉を寄せた。

「えーと、こっちの現場のことはどの程度把握していますか」

池田班長は、話をこの現場のことに戻した。

「秋谷駐在所の駐在員がある程度のことは把握しています」

津野係長はヘルメット姿の制服警官を手招きした。

「おはようございます。機動鑑識隊江の島分駐所の池田です」

池田班長は駐在所員に明るい声であいさつした。

「江の島からご苦労さまです。横須賀警察署秋谷駐在所の湯川です。この家には篠山美枝さんという七二歳の一人暮らしの女性が住んでいまして、被害者はその方です。今朝は市内の平作に住む友人の同年輩の女性が訪ねてきました。なんでもお茶をする予定だったそうです。カーポートに駐まっている軽自動車は友人のクルマです」

湯川は軽自動車を指さした。

「ということは友人の方はまだ帰っていないんですね」

池田班長の言葉に湯川は四角い顔でうなずいた。

「ところが、約束の九時に来て呼び鈴を鳴らしても篠山さんが出てこない。友人の方はドアが開いていることに気づいて、中に入って呼んでみても誰も返事をしない。一階のリビングにも誰もいない。それで友人は階段を上がってみました。すると、二階に上がったところの廊下で篠山さんが血を流して倒れていたわけです。友人は泡を食って下の家に駆け込んで異変を知らせました。この坂の下にある家の方がここまで来てスマホから一一九番通報したそうです。それで救急隊が来て篠山さんが死亡していることを確認して一一〇番に連絡がいきました」

湯川は早口で説明を続けた。

「なるほど、その段階で通信指令課から横須賀署さんやうちに連絡が入ったのですね」

笑みを浮かべて池田班長は相づちを打った。

「そうだと思います……友人は具合が悪くなって下の家で休ませてもらっています」

きまじめな調子で湯川は言った。

「強行犯の二人の捜査員が下の家に行って、住人と友人の方から事情聴取をしています。本人の言い分を信じれば、友人は単なる第一発見者に過ぎないでしょう。遺体はちらっとだけ見ましたが、死斑がかなり強く出ています。パッと見たところ、半日近くは経っていますね。殺されたのは昨夜遅くでしょう。今朝ここへ来たとすれば、友人は関係ありません」

津野係長は考え深げに言った。

「で、横須賀署さんのほうではどこまで鑑識作業をお済ませですか?」

池田班長はやわらかい声で尋ねた。

「まだ、なにもできていないというのが本当のところです。わたしらも五分前くらいに着いたところなんですよ。ここまでくるのに三〇分掛かりましたよ。横須賀署からは一三キロくらいなんですけど、国道一六号が混んでてね」

津野係長は肩をすぼめた。

「では、どのように分担をしましょうか」

かぶせるように池田班長は訊いた。

「わたしともう一人しかいませんので、残りの者が来るまでは池田さんの配下に入って指示に従います。残りの者が来たところで班分けし直しましょう」

津野係長はおだやかな調子で申し出た。

「わかりました。まずは内部を覗いてみます」

池田班長はつかつかと歩いて玄関の分厚い扉を手袋をつけた手で注意深く開けて、津野係長とともに内部を覗き込んだ。

「玄関から向こうは廊下と左側に階段があります。その部分は全部調べる必要がありそうですね」

内部をしきりと見まわして池田班長は言った。

「そのあたりはすべてお任せしたいです。浦賀のときも大変に素晴らしい鑑識作業をなさいましたから」

津野係長はにこやかに言った。

「では、横須賀署さんには玄関周りをお願いしましょう。玄関ポーチと玄関内部ともにお願いします」

池田班長はテキパキと指示した。

「了解しました。では、その分担でいきましょう」

津野係長は大きくうなずいた。

二人の話し合いの通りに、小雪たちは廊下と階段を調べることになった。

津野係長と横須賀署の鑑識係員の若い男性は玄関ポーチの足跡を調べ始めた。

小雪やほかの隊員たちは茶色いクリンカータイルを敷いた玄関ポーチから建物内に入った。

3

内部は漆喰（しっくい）壁とブラックウォールナットというシックな内装になっていた。

左手、玄関から三メートルくらいの位置にはスケルトン階段があったが、こちらも床と同じブラックウォールナットの木材で作られていた。

玄関から上がってすぐのところには高さ一メートルくらいのフィカス・ウンベラータが白っぽい焼き物の鉢に植えられていていいインテリアになっていた。

左右の漆喰壁には一〇号くらいの五枚の版画が飾られていた。

小雪は知らない画家の作品だったが、ネコや草花をモチーフとしたシックな色彩のポップでシンプルなリトグラフだった。

さらに壁にはウォールナット色のドアが二枚ずつ四ヶ所あって、サニタリーやトイレ、部屋が設けられているようだった。

一人暮らしには大きな家だが、丁寧に手入れされている。

「戸川はALSライトで階段を調べて記録をとりなさい。磯部が写真を撮ること。終わったら、声を掛けて」

池田班長はささっと指示した。

「了解っす」

「承知しました」

二人は引き締まった顔つきで答えると、階段へと向かった。

下の段から一段ずつをしっかりと調べ始めた。

「この一階の廊下は朝比奈がALSライトで調べて記録ね。で、平井が写真を撮りなさい。わたしは四枚のドアの指紋を採取してドアの向こうの部屋を覗いてみます」

池田班長はてきぱきと指示した。

「頑張ります」

「おまかせください」

小雪と平井もはっきりと答えた。

さっそくＡＬＳライトの準備だ。小雪は樹脂ケースから五〇〇ナノメートルのヘッドがつけられたライトを取り出して、オレンジ色のゴーグルを掛けた。

這いつくばるようにして、小雪はライトで床を照らした。

青白い光の中で白い足痕が浮き上がってきた。

大きさやかたちが違う足痕がいくつも残されている。

「複数人の足跡がありますね。まず靴下を穿いた女性の足痕は篠山さんのものである可能性が高いですね」

ひとつひとつの足痕を分類しながら小雪は言った。

「ああ、ほかに四人の男の足痕がある。すべて靴跡だ。これが犯人のものに違いない」

平井も小雪と同じように一人の女性と四人の男の足痕を見出していた。

「後で集塵機を掛ける必要がありそうですね。微物鑑定の材料が収集できそうです」

小雪は巻き尺で足痕などのさまざまな寸法を測りながら、黒字に白文字で番号を抜いた鑑識標識を置いていった。

背後で平井がシャッターを切る音が響いた。

「あれえ?」

素っ頓狂な声が出てしまった。

小雪は頭を殴られたようなショックを感じた。

三つの足痕は廊下中を歩き回って四枚のドアの周辺でもウロウロしている。

だが、一つの足痕は玄関からまっすぐに階段へと向かっているのである。

これはいったいなにを意味しているのか。

「どうかしたか?」

不思議そうに平井が訊いた。

小雪は上体を起こして平井の顔を見た。

「ここにも『迷いなき男』が登場しています」

自分の感情を必死で抑えて、小雪は平坦な声を出した。

「なんだって!」

驚きの声を上げると、平井はゴーグルを掛けた目で床をじっと眺めた。

「本当だ。一人だけ、ほかの三人とは違って玄関から真っ直ぐに階段に向かっている足痕が存在する。浦賀のときとまったく一緒だ」

平井は目を瞬いた。

「浦賀の記録と照合しないとわかりませんが、たしか浦賀の靴跡も二七センチくらいのサイズだったと思います」

小雪は淡々と言った。

懸命に自分を抑えていないと、叫び出しそうだった。

「まさか同一人物というわけじゃないだろうな」

信じられないように平井は首を振った。

「わたしの記憶では靴底のパターンは違うので、別の靴だと思います。それに二七センチは男性の靴のサイズとしては一般的だと思います。だから、それだけで同じ人物と言うつもりはありません。でも、玄関から真っ直ぐに階段に向かう行動は同じです」

またも小雪は感情を排した調子で言った。

「うーん、どういうことなんだろうな？」

平井は低くうなった。

「浦賀のときと同じで人数も四人ですし、同一グループによる犯行と考えることもできるでしょう。犯行態様もよく似ています。ただ、どうして『迷いなき男』が今回も同じ行動を取っているのかについてはわたしにはわかりません」

同じグループによる犯行だとしても『迷いなき男』の行動の意味がわからないことに変わりはない。

「やっぱりこの前、班長が言ってたことが理由なんじゃないかなぁ」

平井は腕組みをした。

「『迷いなき男』だけが遅れて到着したという説でしたよね」

尊敬する池田班長の考えなのにもかかわらず、この説に小雪はどこか違和感を感じていた。

とは言え、小雪には正解は見当もつかなかった。

「ほかに考えようがない気がする」

難しい顔で平井は言った。

「そうなんでしょうかね」

小雪としては表だって池田班長の説に異を唱えにくかった。

「とにかく後で班長には話しとけ」

考えを放棄したように平井は言って、カメラを構え直した。

ふたたび小雪は顔を近づけて、ＡＬＳライトで床を照らし始めた。

しばらく作業に没頭して、ほかのことを考えないようにしようと思った。

しかし、目の前の『迷いなき男』の足痕は強烈だった。

いつの間にか、足痕の軌跡に小雪の意識は集中していた。

（きっと大きな意味があるに違いない。一人だけ遅く来たというわけではなく……）

考えてみれば、四人は同時にこの家にやって来たのだろうか。

浦賀の永見邸では、三人が小型自動車で、一人だけが別の軽自動車でやってきたことがタイヤ痕と足痕でわかったという。

この家の前の道路はアスファルト舗装されているから、浦賀のような明確なタイヤ痕は発見できないだろう。

今回も二台のクルマでここへ来ているかもしれない。

少なくとも浦賀では『迷いなき男』が、ほかの三人と別に現場住宅にやって来た可能性はあった。

しかし、それは池田班長や平井が考えているように、『迷いなき男』の現場到着が遅れただけなのだろうか。

なにかが小雪の頭の奥でぼんやりと浮かんだ。

残念ながら、それはまだはっきりしたかたちにはなってくれなかった。

「班長、階段はＯＫです。マルガイの篠山美枝さんのものと、犯人と思しき四人の男性の足痕を写真撮影できました」

カメラを片手に立っている磯部が階段の上で叫んだ。

「早かったね……朝比奈たちはどう？」

池田班長は小雪に向かって訊いた。

「同じく篠山さんと、四人の足痕を撮影できています」

張り切って小雪は答えた。

すでに小雪と平井も廊下に関してひと通りの作業を終えていた。

「じゃあ、三人で二階へ行きましょう」

いくぶん硬い声で池田班長は言って、階段を上り始めた。

4

　二階も一階と同じように漆喰壁とブラックウォールナットのフローリング床だった。

　階段の上では磯部が待ち構えていた。

「右手の奥です。あそこ……」

　磯部は身体を右に向けて手を差し伸べた。

　廊下の突き当たりに腰高窓があり、窓の下の壁に一人の高齢の女性がもたれかかるようにして死んでいた。

　グレーヘアをアシンメトリーなショートカットにしていて、ボタニカル柄のスプリンググリーン系のワンピースを着ている。

　小ぎれいでお洒落（しゃれ）な女性だが、顔色はすでに土気色になって血の気が失われている。

　生きていたときには目鼻立ちの整った女性だったのだろう。

だが、無表情に近く、唇はまっすぐに閉じられている。

両手はだらりと下がったまま硬直していた。

「ああ、津野係長の言うとおりだ。犯行は昨夜遅くね」

遺体に近寄っていった池田班長が言った。

小雪もはっきりと確認できた。

襟元には派手な暗紫色(あんししょく)の死斑が浮き出ていた。

全員が遺体に向かって合掌した。

「平井と戸川で遺体を調べて、磯部が写真に撮りなさい。朝比奈は鑑識標識を置くなどの補助をすること」

池田班長は静かに命じた。

全員が了解と低い声で返事をして作業を始めた。

ここで言う遺体を調べるとは、他殺か否かを調べることを目的としてはいない。

他殺の判断は検視官の職務である。

鑑識は遺体が倒れている位置を計測し記録したり、身体に突き刺さった凶器等を発見すること、ほかに異状がないかを確認しなければならない。

いまの場合なら被害者の倒れている位置を計測し、その姿勢を記録する。右胸からの流血を撮影し、両手首を縛っている紐を記録しなければならない。鑑識の仕事は死因の特定を行うものではない。他殺が疑われる場合には死因の特定は司法解剖によって決まる。

「刺し傷を見ると、犯人は男ですよね。しかも手慣れている」

遺体の右胸を見つめて磯部は言った。

通常の場合は鑑識が予測した死因などが正しいことが多いそうだ。

「手慣れている……」

小雪は磯部の言葉をなぞった。

「そうだよ。ふつうの人間は胸はなかなか刺せない。肋骨があるから刃先が身体の中に入っていかないんだ。この遺体も浦賀の遺体も胸を一撃して殺している。刃物の取り扱いにある程度慣れている人間の仕業のような気がするがね。一度なら偶然ということもありうるが、二度となると意図的に胸を刺したとしか思えない。もっともこれは浦賀とここの現場の犯人が同一であると仮定した場合に限られる話だが」

磯部らしい慎重な説明の仕方だった。

「そうなんですか」

小雪は目を見開いた。

とすれば闇バイトが犯人と考えている捜査本部は間違っていることになる。

いまこそ小雪は今日の発見について池田班長たちに告げたいと思った。

「この階段の下を観察していて気づいたんですが……。浦賀の現場と同じように、四人のうちの一人が『迷いなき男』なんです」

小雪は言葉に力を込めた。

「それは本当なの？」

池田班長はじっと小雪の目を見た。

「俺も確認しました、足痕はたしかに一人だけ、玄関から真っ直ぐに階段に向かっています。ほかの三人は廊下中を歩き回っています」

平井が援護射撃してくれた。

磯部と戸川が顔を見合わせた。

「わたしは浦賀の現場に現れた『迷いなき男』と同一人物だと思っています」

小雪は池田班長の目を見てしっかりと声を張った。

「おもしろいね。君が見つけた『迷いなき男』って犯人像は」

よく通る声が背後から響いた。

ハッとして振り返ると、ワイシャツ姿の四〇歳くらいの背が高い男が立っている。

いくぶん面長だが、目鼻立ちが整った容貌だった。

目つきが明るく、意志の強そうな引き締まった唇を持っている。

筋肉質ですらっとしていてスポーツが得意そうな体型だ。

頭部や靴にビニールカバーは掛けているものの、作業服を着ていないのだから鑑識係員ではない。

「捜査一課特命係の向井警部補です」

背後に立っていた津野係長が紹介してくれた。

捜査一課の刑事がやって来たのか。

「うわっ、向井さんじゃないですか。こんなところで会うとはね」

磯部が親しみのこもった声を出した。

「おお、磯部さん。いま機鑑隊ですか」

向井も嬉しそうに微笑んだ。

「そうです。いやぁ、なつかしいな。何年ぶりですかね」

「一〇年以上になりますよ。俺たちが磯子署にいたのなんて……」

「そうだなぁ。磯子署時代はお世話になりました」

「こちらこそです。磯子署にいたからいまがあるようなもんですよ」

どうやら磯部と向井はかつて磯子署の同僚だったようだ。

「いまの上司です」

磯部はちらっと向き直って池田班長に掌を差し伸べた。

「はじめまして、機鑑隊江の島分駐所第二班長の池田です」

池田班長はにこやかにあいさつした。

「よろしくお願いします。機鑑隊の活躍はいつもありがたいと思っています。ところで、彼女が言っている『迷いなき男』って実に興味深いですね」

向井は小雪と池田班長の顔を交互に見ながら言った。

「ああ、朝比奈はこの四月に機鑑隊に来たばかりなんです。些細なことが気になるようなんで、聞き流してください」

平らかな口調で池田班長は言った。

「いやいや、大いに関心があります。実はね、僕は横須賀署の浦賀事件の捜査本部にいるんですよ。捜査一課の強行第七班だけじゃ足りないって言うんでね。いま、とりあえず横須賀署の強行犯の一人にクルマに乗せてもらってここに来ました。独りぼっちでこの現場に来ているわけです。でも特命係はそのときの都合で使われる存在ですから、まぁそんなもんです」

向井は自嘲気味に笑った。

「それで捜査一課なのに、こんなに早く現場到着（ゲンチャク）なさったんですね。横浜からならもっと時間が掛かりますもんね」

池田班長は納得したようにうなずいた。

「で、浦賀事件の捜査本部で機鑑隊が捜査した足痕の資料は見ているんですが、そのときにも一人だけほかの者と違う行動をしている足痕は気になっていたんですよ」

向井は小雪の顔を見て微笑んだ。

あの足痕を気にしてくれていた刑事がいたことが嬉しかった。

「あの……わたしが考えたことはほかにもあります」

思い切って小雪は自分の考えを皆に伝えようと思った。

「初心者の言うことを聞いても意味ありませんよ。時間の無駄です」

戸川が口を尖らせた。

「まぁ、聞かせてもらいましょう」

向井は戸川の言葉を突っぱねて小雪の顔を見た。

「今日の現場と七月一日の浦賀の現場に共通することなんですが……四名の犯人のうち三名は犯罪の素人みたいで行動にも落ち着きがありません」

「捜査本部では闇バイトの可能性を指摘しているね」

「ですが、一名は現場をある程度知っていると思われるんです」

「うん、それが君が言う『迷いなき男』だね」

向井は大きくうなずいた。

「そうなんです。浦賀とここで靴跡は異なりますが、わたしは同一人物だと思っています」

「この建物でも迷わず階段を目指していたということは、その可能性があるかもしれないな」

さらりと向井は言った。

向井が肯定してくれたことが小雪に自信を与えた。

「もうひとつ注目すべき点があります。浦賀の現場では『迷いなき男』がほかの三名とは別のクルマで現場に来た可能性があります」

「それも捜査資料で読んだよ」

「わたしの勝手な思い込みですが、この現場にも『迷いなき男』はほかの三人の男とは別のクルマでやって来たと思うのです」

まだ、はっきりしていないことを小雪はあえて言葉にした。

「証拠がなければ、ただの見込みに過ぎない。きちんとした証拠を摑まなきゃな」

気難しげに向井は言った。

「浦賀は建物の前が未舗装だったから、タイヤ痕はしっかり採れた。けど、この家の前の道路はアスファルト舗装なので、どこまで採れるかな。いずれにしても、タイヤ痕と屋外の足痕はきちんと採取するよ」

津野係長が言い添えた。

「よろしくお願いします。あの……ここからは根拠も証拠もなくただの妄想ですが、話してもいいでしょうか」

遠慮しながら小雪は言葉を続けた。

「妄想などと言わず推理って言うんだよ。聞かせてくれ」

明るい声で向井は続けた。

「はい、『迷いなき男』とほかの三人は実はコミュニケーションが取れていないのではないでしょうか」

「どういうことだ？」

向井は目を光らせた。

「たとえばですよ。『迷いなき男』は三人を知っていても、三人は『迷いなき男』を知らない……あるいはその逆とか」

小雪は懸命に言葉を伝えた。

「うーん、なるほど」

うなり声を上げながら向井は小雪の目を見た。

「つまり、『迷いなき男』がほかの三人を利用したか。その逆とわたしは考えるわけです」

小雪は向井の目を見て語気を強めた。

「それは考えるまでもないな。『迷いなき男』がほかの三人を利用していたのさ。君の説で多くの矛盾を解決できる。犯罪に慣れていない三人は、いわゆる闇バイトの寄せ集めだ。それを『迷いなき男』が利用した。『迷いなき男』が三人を集めて浦賀とこの秋谷の被害者宅に侵入させた。命ぜられた指示は強盗だったかもしれない。窃盗だった可能性もある。いずれにしてもそれは闇バイトを動かすための理由に過ぎない。『迷いなき男』は三人に被害者宅に侵入して痕跡を残してもらえればそれだけでよかったんだ」

考え深げに向井は言った。

「その前後、三人が被害者宅に来る前か、去った後に『迷いなき男』が来て本来の目的である永見さんや篠山さんの殺害を実行した。実行した『迷いなき男』は闇バイトではなく犯罪に手慣れている人間だから、永見さんや篠山さんを刺し殺すこともそれほど難しくなかった……ということですね」

小雪が声を弾ませると、向井はしっかりとうなずいた。

池田班長も真剣な顔で二人の話を聞いている。

「三人を使うことで警察の捜査が散漫にひろがって闇バイト周辺に集まることを狙っ

ていたのだな。つまり『迷いなき男』は闇バイトを隠れ蓑にしたというわけだ」

向井はにやっと笑った。

「わたしはこんな風に思うのです。四人は共犯ではない……と」

小雪は自分の言葉に自信があった。

「まさにそれだ！『迷いなき男』が三人の後に来て殺害を実行したか。三人が『迷いなき男』が殺害を実行した後に来て遺体を見つけて泡食って逃げたか……この筋読みなら、いままで出てきたすべての矛盾点は解決する」

いくらか上気した感じで向井は言った。

「本当にそんなことがあるのでしょうか……」

池田班長は自信のなさそうな声で訊いた。

「僕は朝比奈さんの推理はかなりの線で正しいと思います。これで浦賀と秋谷の両事件は解決する可能性が見えてきました。いや、ありがとう。ちょっと遺体を見せてもらいますよ」

向井は遺体に近づいて子細に観察し始めた。

階段の下から現場鑑識用作業服の若い男が上がってきて津野係長に耳打ちすると、

すぐに一階に降りていった。

「ようやく久里浜の現場からこちらに四名が駆けつけたようです」

津野係長は明るい声で池田班長に言った。

「では、津野係長、後はおまかせしてもよろしいでしょうか」

池田班長はゆっくりとした調子で言った。

「はい、ありがとうございました」

津野係長は頭を下げた。

「みんな行きますよ」

池田班長の声に、隊員たちは階段へ向かった。

「あ、機鑑隊の皆さん、ご苦労さま。朝比奈さん、いい知恵をありがとう。また、近いうちに」

向井は遺体から顔を離して、小雪たちに向かってはずんだ声で手を振った。

「またお会いしたいです」

小雪は明るい声で答えた。

帰りのクルマの中で、池田班長はあまり喋らず、考え込んでいた。

小雪は自分の考えが進み、それを向井という刑事が認めてくれたことに大きな喜びを感じていた。

第五章　鑑識の値打ち

1

「もうちょっとアイラインを強く引いてよ」

鏡を見ながら小雪は注文をつけた。

「うるさいな。おまえが好きなように自分で化粧すればいいだろ」

目の前で化粧筆を手にした父の秀岳は、ふんと鼻から息を吐いた。

「知ってるじゃん。わたし不器用なんだよ。化粧だって下手なんだよ。お父さんは、筆のプロじゃん」

なだめるように小雪は言った。

「バカ言うな。俺は絵描きだ。メーキャップアーティストじゃない。絵描きに化粧を頼むのは農家に海で魚を捕れと言ってるようなものだぞ」

不愉快そうに父は口を尖らせた。

「でも、お父さんは、小学校のときの学習発表会とか、中学・高校の文化祭とか、いつも化粧してくれたよね」

父が機嫌を損ねたら、化粧は完成しない。

それでは小雪が……いや神奈川県警が困ってしまう。

髪の毛は行きつけの美容院でマニッシュなショートボブにカットしてもらった。

だが、メイクは父の力を借りるしかない。

「小雪が泣きついてきたから仕方なく手伝ってやっただけだ」

父は半分笑いながらチークにブラシを運んでいる。

演劇などのイベントで父が化粧を手伝ってくれたことは何度もあった。

キャラクターに合わせたすぐれた化粧のおかげで、小雪はいつも自信を持って演技することができた。

「でも、お父さんがメイクしてくれると、わたし、完全に別人になるからね」

なるべくお世辞と取られないように父を持ち上げて機嫌を取らねばならない。

「おまえは目鼻立ちは薄い。つまりのっぺらぼうに近いんだ。目と鼻と唇は小さめでシャドウをしっかり描けば浮き立つ。それに輪郭がすぐれていてクセがないので化粧映えはとくにいい」

「ファッションモデル向きだよね。これで背丈があればモデルになっていたんだけどなぁ」

とにかく小雪は背が低い。

女性警察官としてはいちばん低いほうの一五六センチしか背丈がない。かつての神奈川県警の採用基準だと不合格になっていたところだ。

「まぁ、俺に似ていて顔立ちはモデル向きだな」

父は胸をそらせた。

「ぜんぜん似てないけどね……」

つい本音が出た。

六三歳の父はパッと見は鬼瓦（おにがわら）のような顔に見える。よく見ると、意外と顔立ちがいいのだが。

「なにっ？」

父は角のある声を出した。

「いえいえ、とにかく感謝してるよ。今夜は県警からの命令だから我慢して」

小雪は顔の前で軽く手を合わせた。

「危ないことはないんだろうな」

父は眉をひそめた。

「大丈夫。刑事さんが陰で守ってくれるから」

小雪自身は今夜の任務に不安を感じていなかった。

「しかしおまえが警察官になるとはな……よしっ、こんな感じでどうだ」

父はまじまじと小雪の顔を見て、言った。

「いいじゃん。これでいけるよ」

さすがだ。父の筆やブラシが魔法をかけたようだ。小雪の顔はふだんとはまったく違っている。

「ああ、いい女っぷりだぞ。《貝殻亭》の看板娘だった頃の母さんといい勝負だ」

いい歳をして父は母のノロケを言っている。

とは言え、母は父からこういうことを言われると、恥じらいもなく喜ぶのだ。

「はいはい。じゃあ、わたし出かける支度しなくちゃならないから」

親のノロケほど気恥ずかしいものはない。小雪は適当にあしらった。

「気をつけて行ってこいよ」

気遣わしげに父は言った。

「うん、ありがとう」

精一杯の感謝を込めて小雪は頭を下げた。

にこっと笑って父は自分の部屋に戻っていった。

あちらでもう一回着替えるので、とりあえずは普段着でいい。

デイパックのなかにほとんど着る機会がなかったネイビーのレースフレア・ワンピースを入れた。

いわゆるカクテルドレスだが、それほど派手なものではない。

一昨日、梅雨が明けて、現在も二八度くらいの気温がある。

小雪は薄手の白紺ボーダーTシャツと地味なチノパンに着替えた。

時間を見計らって小雪は家を出た。

家のすぐ近くの江島神社中津宮のあたりで、知り合いのお土産屋のおばさんとすれ違った。

顔を背ける。ちらりと見られた。

だが、おばさんは小雪には気づかなかった。

変装は成功のようだ。

待ち合わせは、江の島大橋が始まる江の島観光案内所の前あたりだった。つまり、江の島のいちばん陸地側、片瀬江ノ島駅側だ。

狭い江の島だが、《貝殻亭》は島の奥のほうにあるので、待ち合わせ場所までは八〇〇メートル以上もあるはずだ。

目抜き通りの江の島弁財天商店街の狭い下り坂を小雪は足早に下っていった。

どこかの飲食店から漂ってくるサザエやイカを焼く煙が小雪にふるさとを感じさせる。

薄暗くなっても通りを行き交う観光客の数はかなり多かった。

外国人の姿も少なくない。

青銅の鳥居をくぐって右の方向へ抜けてゆくと、自動車道路に出る。

道に出たところにシルバーメタリックのマークXが駐まっていた。

最近は覆面パトカー以外ではあまり見かけない車種だ。

歩み寄る小雪の姿にすぐに気づいて、運手席から長身の男が降りてきた。

ワイシャツとチノパン姿の彼は、捜査一課特命係の向井勝太郎警部補にほかならない。

「いやぁ、見違えたな。本当に朝比奈か？」

街灯の光に照らされた小雪の顔を見て、向井は驚きの顔で訊いた。

「こんな感じで大丈夫でしょうか」

小雪は自分の顔をくいっと向井に向けた。

「一二〇パーセントＯＫだよ。まるでモデルだ……。そこまできれいにする必要もなかったくらいだ」

向井は目を大きく見開いて小雪の顔をまじまじと見つめた。

「ありがとうございます」

小雪は恥じらって言葉少なに頭を下げた。

父にメイクをしてもらったことも恥ずかしくて口に出せなかった。

「とにかく乗ってくれ」

向井はそう言うと、運手席に乗り込んだ。

小雪が助手席に乗ると、目の前のダッシュボードには無線機が取りつけられていた。

江の島大橋を渡った覆面パトカーは、国道一三四号を西へと走り始めた。

しばらく進むと、江の島分駐所の横を通り過ぎた。

小雪は首をすくめた。

鑑識車は二台とも駐車場に収まっている。

出動要請はなく、三班の隊員たちは執務室にそろっているのだろう。

「機鑑隊は三交代勤務だから、今日は週休日に当たるんだよな。いきなり休日勤務させて申し訳ない」

ステアリングを握って前方を見ながら、向井は詫びた。

「いいえ、捜査一課のお役に立てるなら嬉しいです」

明るい声で小雪は答えた。

「朝比奈が職場にバレると困ると言うので、今夜の勤務は上には報告しない。それでいいんだな」

念を押すように向井は言った。

「すみません。バレたら叱られますので」

ちいさくなって小雪は答えた。

たぶんすべての隊員がこころよくは思わないだろう。

機鑑隊の仕事もじゅうぶんにできないのに捜査一課の仕事を手伝うなんて僭越極まりないと非難されるに違いない。

「ボランティアで大役を担ってもらう。すまん、この役割を特命係の男女各一名の若い捜査員にやらせたんだが、うまくいかなかった」

向井は弱り声を出した。

「わたしみたいに捜査の経験がない者に務まる役目でしょうか」

小雪は正直言って自信がなかった。

「池田さんから聞いたんだが、朝比奈は美大卒だそうだね」

なぜ向井は小雪が美大卒であることにこだわっているのだろうか。

「はい、二年までは洋画科で三年からは芸術文化学科に転科しました。美学を学ぶ道を選んで美術史の学芸員資格を取得しました。でも、大学を出て美術館や博物館等には採用されなかったんです。教科書的な解釈から離れた独自の美術論を主張したのが、試験官には受け容れられなかったみたいです」

小雪はあいまいに笑った。

「俺たち刑事なんてのは美術には縁のない者が多い。その点、朝比奈は美術の勉強をしている。そこで、今回のことをぜひ君に頼みたいんだ」

真っ直ぐに向井は小雪の目を見た。

「詳しい事情をお話し頂けますか」

向井からはきれいな恰好をして来てくれとしか言われていない。

少しでも詳しい事情が小雪は知りたかった。

「うん、実は我々が今回の主犯と考えている男がいる。君の考えている『迷いなき男』だ」

目を輝かせて向井は言った。

「主犯の見当がついているんですね」

小雪の声はわずかに震えた。

「ああ、懸命な捜査の結果だ。平塚市に住んでいる若尾昌隆という男が捜査線上に浮かんでいるんだ。実は平塚署で生活安全課の経済保安係長をやっている男は、俺が厚木署にいたときの同僚でね。こいつの部下の刑事たちが、平塚の夜の街で最近奇妙に金回りがよく浮かれている若尾の存在をキャッチした。うちの係で調べてみると、こいつが『迷いなき男』の要件をいくつか備えていることがわかったんだよ」

「どんな要件ですか」

「若尾は、陸上自衛隊の出身で三曹で退職しているので銃や刃物が扱える。いちばん大事な荒っぽい仕事をできる条件を満たしている。現在はITサービス会社の経営者と称している。が、実際には借りている事務所は空っぽで、どうやって生計を立てているのか不明な点も多い。暴力団とのつながりははっきりしていないが、あっても不思議はない」

「なるほど……」

「若尾はもうひとつ重要な要件を備えていることがわかった。殺された篠山さんの持ち物のなかで、香坂宗顕という彫金作家が作ったバングルがあった」

いきなり向井がバングルの話などをし始めたので、小雪はとまどった。

「香坂宗顕さんですか……名前は聞いたことがあります。芸大大学院の彫金専攻を出ている個人作家ですよね。作品も写真で見たことがあります。たぶん、まだ四〇代なかばの中堅作家だと思いますけど」

「いや知っているとは驚いた。さすがだね、四四歳でいくつかの賞を取っている人気作家だそうだ」

「美学が専門でしたので、ある程度有名なクリエーターなら頭に入っています」

小雪の言葉に、向井はうなずいて続けた。

「このまえの秋谷の現場で第一発見者っていう女性がいただろ？」

「ああ、黄色い軽自動車で来ていた人ですね」

「そうだ。その人が言うには、被害者の篠山美枝さんは、旦那の形見の香坂バングルをいつも身につけていたそうだ。で、若尾はこのバングルを盗んだらしい」

「若尾の目的はジュエリーにあったんですか」

意外に思って小雪は訊いた。

「いや、ただ若尾は若いときに一時期、宝石商をしていたそうだ。個人的に香坂バングルが気になって、遺体から盗んだんじゃないかと思われる。若尾に刑事たちを張りつかせたところ、若尾はその香坂バングルらしきものをいつも身につけているらしい」

「自分が手に掛けた者から盗んだジュエリーを身につけるなんて、人間としてあり得ないですよ」

小雪は本気で腹を立てていた。

「まぁ、そんな感覚の人間だから、罪なき人を殺したりできるんだよ。ところでこの篠山さんのバングルにはある特徴があるんだ……」

向井はジュエリーの特徴を小雪に確かめてほしいと頼んだ。確認できたら、若尾が篠山さんからバングルを盗んだことが明らかになる。

二人の特命係の捜査員が失敗したミッション。自分が果たせる自信は正直言って小雪にはなかった。

だが、これは『迷いなき男』を見つけた自分の仕事だと思ってもいた。

マドンナブルーの夜の帳(とばり)が鵠沼の海を包み始めた。

顔をわずかに左後ろに向けると、帳のなか黒々と浮かぶ江の島の姿が見えた。

シーキャンドルが作る真っ直ぐな光の帯が湘南の海に延びていた。

2

それからしばらくして、小雪は平塚市宮の前の《Stella By Starlight》という店のカウンターにいた。

古い映画音楽でジャズのスタンダードナンバーにもなっている「星影のステラ」という店名が似つかわしいオーセンティックなバーだった。

店内は、カウンターに八席の椅子と二人がけのテーブルが二つしかなく、こぢんまりとしていた。

さまざまなリキュールやスピリットが並ぶバックバー（酒棚）を背にして、髪の真っ白な七〇歳くらいのマスターが一人で切り盛りしている。

向井の話では、若尾はこの店の常連らしい。

クルマのなかで話に出ていた平塚署の経済保安係長もこの店のファンで、その縁でマスターに事情を話して向井や小雪たちが捜査のために店内に入ることを許してもらっているそうだ。

小雪の右隣の椅子は空いていて、その右側に座っている男が、若尾昌隆だった。

青白く細い顔の男だった。

細い目は冷たく、薄い唇にも酷薄さが宿っている。

ひと目見て近づきたくないような雰囲気を持っている。

向井たちの考えが正しいとすれば、この男は凶悪な殺人者なのだ。

その隣にはワイシャツ姿の向井が小雪くらいの歳の男と二人でウィスキーかなにかを飲んでいる。いざとなれば、小雪を守ってくれる体制は整えられている。

小雪はどんな風に見えるだろうか。

オーセンティックなバーが似合う大人の女性に見えているだろうか。

「"On Green Dolphin Street"だな。俺はこの曲が好きなんだ」

向井がいきなり店内のBGMについて語り始めた。

小雪が知らないモダンジャズの曲だ。

「へぇ、ジャズとか聴くんすか」

やはりワイシャツ姿の若い刑事は驚いたように訊いた。

「俺はジャズ好きなんだ。この曲は一九五八年にマイルス・デイヴィスが録音してからスタンダードナンバーとなったブロニスラウ・ケイパーの曲だ」

「マイルス・デイヴィスって名前は聞いたことありますけどね」

小雪も若い刑事と同じくらいの知識しかなかった。

「ホレス・パーランっていうピアニストの〝Movin' & Groovin'〟に収録されているテイクがいちばん好きだな」

「なんか宇宙語喋ってますね」

若い刑事はあきれたような声で言った。

若尾はつまらなそうな顔を見せている。

ジャズの話題は苦手のようだ。

「カクテルにもお花みたいに、カクテル言葉があるんですってね」

小雪はマスターに話しかけた。

「はい、禁酒法時代にアメリカからヨーロッパにたくさんのバーテンダーが移り住みました。そのとき、アメリカで生まれたカクテルとヨーロッパの間接的な表現を好む文化が結びついてカクテル言葉が生まれたそうです」

マスターはさらさらと話してくれた。

「ダイキリをお願いしたいんだけど、ダイキリにはどんなカクテル言葉があるのかしら？」

カクテルの話に若尾が関心を示さないだろうか。

この店の常連なのだから、カクテルに興味があってもおかしくはない。

「ダイキリはキューバにあった鉱山の名前ですが、今日みたいに暑い日にはぴったりですね。カクテル言葉は『希望』です」

「希望って素敵ね」

「お待ちくださいませ」

マスターは心地よい音を立ててシェーカーを振り始めた。

すぐにカクテルグラスにラムベースの白いダイキリが注がれた。

ライムジュースを使うだけに、カットライムがアクセントに飾られている。

「おもしろいね。マスター。俺はギムレットを頼みたいんだけど」

静かな声で若尾はオーダーした。

声のトーンは冷たくガサついて好きになれない。

しかし、若尾はカクテルには関心を示した。

「はい、ギムレットのカクテル言葉は有名ですね。レイモンド・チャンドラーのハードボイルド小説のタイトルからつけられました。『長いお別れ』です」

平らかな声でマスターは言った。

「ふふふ、俺にはいい言葉だな」

どういう意味なのか、若尾は機嫌よさそうに笑った。

死を意味する言葉だと気づいて、一瞬、小雪はぞっとした。

「お待ちください」

マスターはまたもシェイカーを手際よく振って、カクテルグラスにジンベースのギムレットを注いだ。

若尾はさっと右手をカクテルグラスに伸ばした。

左手はカウンターの下に置いている。

ふと気づくと、若尾は小雪の右腕に注目している。

事前に向井から借りたバングルを右の手首にしていた。

グラスを持つ腕でバングルが光る。

「へぇ、お嬢さんもバングルが好きなの？」

いきなり若尾が声を掛けてきた。

しめた。若尾がバングルに関心を持っている。

「大したものじゃありません。これって華奢でボリュームが少ないのでちょっとつまらないんです」

小雪は少し冷淡な調子で答えを返した。

「バングルはやっぱりボリュームがあるほうがいいね。ボーン・カフとか好きかな？」

若尾は小雪の目をじっと見た。

この冷たい目はやはり苦手だ。

「あ、ティファニーの……。あれも悪くはないですけど、やっぱりオンリー・ワンの作家ものとかがいいですね」

だんだんと会話に力を入れてみる。

「わかってんじゃん。俺も作家ものが好きなんだよ」

嬉しそうに若尾は言った。

「いいですよね、バングルに限らず作家ものは。個性がしっかりしていて」

これは小雪の本音だった。

「岡田善治(おかだよしはる)とか香坂宗顕なんて知ってる？」

岡田善治という作家は知らないが、なんと香坂宗顕の名前が出てきた。

「香坂さんって芸大出身の作家ですよね。毛彫りが得意ですよね」

小雪は香坂の作品を思い出しながら、ひとつの大きな特徴である毛彫りについて触れた。

「えー、すげえ、よく知ってるな。あれってさ三角の尖った鏨(たがね)で彫るんだよ。だから鋭い力のある細い線が作れるんだ」

若尾は宝石商だっただけあって、毛彫りについても専門的な知識を持っていた。

「一般的にはその通りだと思いますが、香坂さんの場合には金属とは思えないくらいやわらかな線で、豊かな表情が特徴だと思います。とくに鳥の羽なんかを毛彫りで表現するのは素晴らしい技術ですよね」

写真で見たときに香坂宗顕の毛彫りの特徴は摑んでいた。

「驚いたな。お嬢さん、彫金のこと詳しいだけじゃないんだ。香坂宗顕の作品についてそんな感覚を持っているのはふつうじゃない」

若尾は手放しで小雪を褒めた。

「ちょっと、そういう仕事もしてましたので」

小雪はいくらかあっさりと答えた。

「じゃあこれがわかるだろ？」

若尾はいままでカウンターの下に隠していた左腕を上げて見せた。

左腕にボリュームのあるバングルが銀色に輝いていた。

プラチナの白銀の輝きはやはり美しい。

「わぁ、これって香坂さんの？」

小雪は歓声を上げた。

「わかるだろ？」

得意げに若尾は鼻を鳴らした。

「羽のモチーフ！　彼の毛彫りをゆっくり見たいです」

このバングルは香坂宗顕作品に間違いがなかった。

「ゆっくり見るといいよ」

若尾は左手首からバングルを外して、小雪の前に差し出した。

あわてて小雪はバングルを受けとった。

「ありがとうございます。嬉しいです」

カウンターの灯りに照らされたバングルの表面が、小雪の掌で鈍い銀色に光っている。

香坂の特徴的な毛彫りがはっきりと現れていた。鳥の羽が一面に彫り込んであって金属の塊とは思えないやわらかさだ。

裏返してみる。

間違いない。向井の言っていた特徴がはっきりと見て取れた。

「素晴らしい作品ですね」

喜びの声はあながち演技ではなかった。

若尾は満足そうに笑っている。

「お願いがあるんですけど」

小雪は下手に出て若尾を見つめた。

「なんだよ？」

尖った声にも聞こえた。

「写真を撮っていいですか？」

薄氷を踏む思いで許可を求めた。

「写真くらい何枚でも」

あっさり若尾は許可を出した。

小雪をあやしむようすもない。

飲み干したギムレットの力だろうか。

「ありがとうございます。香坂先生のスタジオをお訪ねして、こんな雰囲気のバングルを作って頂こうと思いまして」

口からでまかせを言いながら、小雪はスマホをタップし続けた。

お礼に小雪は若尾にカリフォルニアレモネードをプレゼントした。マスターから教えてもらったカクテル言葉は「永遠の感謝」だった。

小雪はミッションが成功したことを確信して店から出ることにした。

「土曜日の九時頃には、ここで飲んでることが多いんだ」

最後に若尾はそんなことを言って次の機会に誘った。

「では、またお会いしましょう」

絶対にかなえられないことを口にして小雪は店から出た。

これで長いお別れだ。私が摑んだ証拠がきっとあなたを追いつめるはず。

小雪は少し離れたところに駐めた覆面パトカーに戻った。

「大成功だ……」

少し後から戻ってきた向井が満面に笑みをたたえて声をかけてきた。

「よかったです」

小雪もささやき声で答えた。

「これでヤツの首に縄を掛けられる」

心底嬉しそうに向井は言った。

小雪の胸は大きく弾(はず)んでいた。

若尾の隣ですごした不愉快な時間が、すべて吹っ飛ぶようなそんな快感を全身で感じていた。

小雪はこころの底で父の秀岳にも感謝していた。

裁判官は若尾の逮捕状を発付してくれた。

3

向井が言うとおり、小雪が撮った写真が決定的な効果を及ぼした。

バングルの裏側には製作者のMuneaki Kosakaの署名とともに、“We're meant to be each other”とのメッセージが刻んであった。「私たちは結ばれる運命だった」はこのバングルを作ったときに香坂宗顕に刻んでもらった二人の愛の証の言葉だった。

その事実は、例の黄色の軽自動車に乗ってきた篠山美枝の友だちが証言してくれたのだった。

サファイアブルーに近い濃い青空がひろがっている。

沖合には入道雲が湧き上がっていた。

あの平塚のカクテルナイトから二回の当番が終わって、小雪は江の島の家に帰る途中だった。

潮風が吹き渡る弁天橋を渡って江の島に入り、小雪は青銅の鳥居を目指して歩いていた。

今日はゆるやかなカフタンを着てきた。

カフタンは丈の長い服で、中近東諸国やイスラム文化圏の民族衣装に由来する。直線裁ち(だ)のストレートラインと両サイドのスリットが特徴である。風通しのよい薄手の生地で作られ、さまざまなレディースファッションに採り入れられている。ワンピース型だが、ボトムスにはパンツを穿(は)くことが多い。

それほどメジャーなものではなく、このカフタンもエスニック・ファッションを扱う友人の店で買ったものだった。

由良が見たら、また文句を言うかもしれない。だが、それは洋服の種類を偏った目で見ているからだ。エレイン・デ・クーニングに倣(なら)って、小雪は洋服も特定のスタイルを求めまいと考えていた。

ゆったりとしていて風がよく入るので夏場は好んで着ている。

多少変なかたちでも、色が生成(きな)りで無地となると職場に着ていっても怒られたりはしないようだ。

警察は派手な色合いを最も嫌うようである。

パンツもチョコレート色の無地のコットンパンツを穿いている。

「朝比奈小雪、一緒に来てもらおうか」

低い声が背中から響いた。

振り返ると向井が立っていた。

「向井さんっ」

思わず大きな声が出た。

「おはよう。すべての準備が整った。芝居の終幕を君にも見てもらいたくて誘いに来たんだ」

気取った声で向井は言った。

「行きます」

小雪はきっぱりと答えた。

向井に従いていくと、観光案内所のところに例のマークXが駐まっていた。

小雪が近づくと、助手席のドアが開いて、ワイシャツ姿の一人の若い男が出てきた。

「おはようございます」

若い男は小雪に頭を下げると、小雪のために後部座席の左のドアを開けた。

自分はいちばん下っ端なのに、なんとなくくすぐったい気持ちだった。

小雪は後部座席に滑り込んでシートベルトを締めた。

右側に向井が乗り込むと、クルマはすぐに走り始めた。

覆面パトカーは西へ向かって緊急走行を始めた。

江の島分駐所の前を通っても首をすくめる必要はなかった。

「あのバングルから香坂宗顕が刻んだ文句の写真を撮れたのが決定打になった。若尾もバカな男さ。すっかり朝比奈の彫金談義に乗せられたんだからな」

向井は声を立てて笑った。

「どうして若尾は篠山さんを殺害したのでしょうか」

真剣に小雪は尋ねた。

「若尾は依頼に基づいて篠山さんを殺したんだ」

向井は静かな調子で恐ろしい答えを返した。

「誰のどんな依頼ですか」

畳みかけるように小雪は訊いた。

「篠山さんから遺産を相続する人間……篠山さんの兄だ。この人物は投資に失敗して金に困っていた」

　向井は眉間にしわを寄せた。

「ひどい。兄弟なのに……」

　小雪は言葉を失った。

「殺人事件の犯人はマルガイの親族がいちばん多いんだ……ほぼ半数に及ぶ」

　向井は言った。

「知りませんでした」

　小雪は向井の顔を見て言った。

「若尾の周辺を洗っていたら、永見さんの殺害を若尾に依頼したのも、彼の親族だということが摑めた」

　淡々と向井は言葉を続けた。

「そうなんですか。いったい誰が……」

　驚いて小雪は訊いた。

「永見さんの弟だ。この男も永見さんの相続人だ。ギャンブル狂いで借金を重ね、尻に火がついていた。いま、捜査一課の別の者が、この二人の逮捕に向かっている」

顔をしかめて向井は答えた。

「永見さんのところも兄弟の仕業だなんて……」

兄弟の縁はこんなに薄いのかと思いつつ、小雪は言葉を継いだ。

「どうして永見さんの弟と篠山さんの兄は、若尾に殺人を依頼したのでしょうか」

「殺し屋である若尾の存在を知っていて、二人に仲介したのは暴力団関係者だ。永見さんの弟と篠山さんの兄が闇金に借金をしていたために、それを清算する手段として若尾による殺人を推進したようだ。いま組対（組織犯罪対策本部）が仲介者を洗っている。ヤクザの尻尾を摑むのはなかなか大変だがね」

難しい顔で向井は言った。

組織犯罪対策本部は刑事部のなかにあるが、暴力団と薬物、銃器を取り締まるポジションである程度の独立性を持っている。

「予想していたとおり、ほかの三人は闇バイトなのでしょうか」

最初から気になっていたことを小雪は改めて訊いた。

「そうだね、闇バイトと考えていいと思う。実は三人はまだ特定できていない。浦賀の事件と秋谷の事件の三人がすべて同じかどうかもわかってはいない。だが、若尾が自分の犯行を隠すために雇ったことは間違いないだろう。わたしは三人が着いたときには永見さんも篠山さんも殺されていたと考えているんだ。それで三人は泡を食って逃げ出したんだよ。どっちにしても、若尾にすべてを吐かせるよ」

自信がありそうな向井の声だった。

小雪も同じ考えだった。

もし被害者二人が生きていたら、三人との間に不測の事態が起きたかもしれない。争って騒いで近所の人間に知られたらまずいだろう。しかし、死んでいれば自分たちの仕業にされたくないからただ逃げるだけに違いない。そうだとすると、三人ではなく六人かもしれない。永見さんが死んでいた現場に行った三人は、篠山さんの家には行きたがらないだろうからだ。つまり闇バイトは三人組が二セットだったのかもしれない。

そんなことを話している間に覆面パトカーは茅ヶ崎市内を通り過ぎて湘南大橋を渡った。

「平塚市夕陽ヶ丘の若尾が住んでいるマンションに、すでに捜査一課の人間一二人を回してある。このクルマが着いたら直ちに逮捕だ。逮捕状は僕が持っている」

向井は肩をそびやかした。

覆面パトカーは国道一三四号から直角に曲がって国道一二九号に入って北を目指した。

しばらく進んで左に曲がると、住宅地のなかの道を進んだ。

やがて一〇階建てのマンションの前の道路にクルマは駐まった。

「さぁ行こう」

力強く向井は言った。

「あの……わたしこんな恰好で大丈夫ですか」

カフタンで逮捕に向かうことが不安になって小雪は訊いた。

「平気だろ。十二単(ひとえ)で行ったって罪にはならんぞ」

向井はニッと笑った。

「はぁ……」

小雪は返事に窮した。

マークXの全員がクルマから降りた。

捜査一課の捜査員たちの陰に隠れるようにして小雪はエレベーターに乗った。

「若尾は最上階の一〇階に住んでいる。ベランダから飛び降りられたら万事休すだからな。両隣の部屋の人に頼んでそれぞれのベランダにも捜査員を配置してある」

エレベーターの中で向井は言った。

なるほど、逮捕というのはそこまで気を遣う仕事なのかと小雪は驚いた。

一〇階に着いてエレベーターの扉が開くと、内廊下には白シャツ姿の男たちが八人待機していた。

男たちは向井に対して頭を下げる室内の敬礼をすると、カフタン姿の小雪を見て誰もが啞然(あぜん)とした表情になった。

向井はゆっくりと一〇階の真ん中よりやや奥の部屋に進んだ。

背後には小雪と一〇人の男とが付き従っている。

玄関ドアの前で立ち止まった向井は静かにインターホンのボタンを押して呼び鈴を鳴らした。

何度か鳴らすと「誰ですか?」という若尾の声が返ってきた。

「神奈川県警です。ここを開けてください」

向井は大きな声で叫んだ。

答えは返ってこなかった。

「おい、ここを開けろっ」

向井は激しい調子で叫び、ドアを叩き続けた。

だが、若尾の反応はなかった。

「開けないと、このドアをこじ開けるぞっ」

ドアを叩く音はさらに激しくなった。

両隣などの近所の部屋の扉が開いて、外のようすを確認する顔がいくつか見られた。

五分ほど待つとドアがゆっくりと開いた。

くしゃくしゃな髪の若尾が黒いTシャツにグレーのスエットパンツを穿いて現れた。

「若尾昌隆、殺人の容疑で逮捕します」

向井は逮捕状をひろげて提示すると一転して静かに宣言した。

「殺人だと……?」

若尾は目を大きく見開いて言葉を失った。

「部屋から出てきてください。そうでないとこちらから強制的に室内に入ります」

向井の言葉に若尾はよろよろと外へ出てきた。

「九時四七分」

ほかの捜査員が叫びながら、若尾の右手首に手錠を掛けた。続いて左手首にも。

ガチャッ、ガチャッという硬い金属音が響いた。

「なぜだ。なぜなんだ」

若尾は激しい声で叫んだ。

「あなたが香坂さんのバングルを見せてくれたからよ」

小雪は進み出てひと言だけ突きつけた。

「おまえ、誰だ？」

今日は普段のメイクなので、すぐにはわからないかもしれない。

「まさか……あのときの」

まじまじと小雪を見ていた若尾の目が急に大きく見開かれた。

「香坂さんのバングルのこと、教えて頂いて感謝です」

静かに小雪は言った。

「こんな小娘にしてやられるとはな」

天を仰いで若尾は叫んだ。

「さぁ一緒に来るんだ」

向井が引導を渡した。

二人の捜査員が、若尾の左右の二の腕を摑んでエレベーターへと連れ去っていった。

「『迷いなき男』を最後まで見せて頂きありがとうございました」

小雪は頭を下げて礼を述べた。

「あいつを捕まえられたのは、君のおかげだ……江の島まで送るよ」

笑顔で向井は言った。

「いいんですか？　若尾に従いて行かなくて」

素朴な疑問を小雪は口にした。

「経験豊かな刑事たちが連行するから心配は要らない」

半分笑い声で向井は答えた。

覆面パトカーは行きの経路をまったく逆に辿って江の島大橋を渡って島に入った。

観光案内所のところにジャージ姿の男が立っている。

「え？　え？　なんで？」

思わず小雪から素っ頓狂な声が出た。

立っていたのは蜂須賀補佐だった。

「止めてください。降ります」

小雪は叫び声を上げた。

覆面パトカーはすーっと止まった。

転びそうになりながら、小雪は道路に出た。

「蜂須賀補佐、どうしてここにいらっしゃるんですか」

小雪が訊くと、蜂須賀補佐はわずかな笑みを浮かべた。

「そこにいる向井勝太郎警部補を叱ろうと思って待っていたんですよ」

蜂須賀補佐は右手の人さし指を突き出した。

いつの間にか向井が後ろに立っていた。

小雪の全身に気まずい思いが広がり始めた。

向井が頭を下げた。

「わたしのことを知っているのですか」

笑みを浮かべたまま、蜂須賀補佐は言った。

「はい、お話を伺ったことは何度もあります。それに、蜂須賀警部は県警本部でも有名な方ですから……」

まじめな調子で向井は答えた。

「今回の件は、恒岡くんからすべて聞いています」

蜂須賀補佐は言った。

「申しわけありませんでした」

向井はもう一度頭を下げた。

「あの……恒岡さんってどなたですか?」

小雪は向井の顔を見て訊いた。

「捜査一課の課長補佐の警部でね。特命係の担当なんだ。つまりわたしの上司さ」

渋い顔で向井は答えた。

「うちの朝比奈くんを、平塚のバーで働かせたそうじゃないですか」

いくらか厳しい声で蜂須賀補佐は言った。

蜂須賀補佐はすべてを知っているのだ。

「朝比奈さんからOKをもらえたら、恒岡補佐から蜂須賀補佐に話を通してもらうつもりだったんですが……」

向井は言い淀んだ。

「わたしが、機鑑隊には言わないでってお願いしたんです」

小雪は懸命な声を出した。

機鑑隊内に知られると、戸川や由良にどんな風に言われるかと思うと不安だった。

また、池田班長にも僭越だと思われるような気がしていた。

「朝比奈さんがあんまり必死だったんで、恒岡補佐や江の島分駐所には内緒で平塚の捜査には従事してもらいました」

向井は肩をすぼめた。

「向井くんは警察官になって二〇年くらいでしょう？　万が一なにかあったらどうするんですか。公務災害にもならないんですよ。それに、すべてはただ働きです」

蜂須賀補佐の目は静かで怒りの色はなかった。

「仰せの通りです……。あのバーでの話がどこかから恒岡補佐に漏れましてね。恒岡補佐にはこっぴどく叱られました」

向井は情けない声を出した。

「恒岡くんはわたしに謝ってきましたよ。捜査一課が機鑑隊の職員を勝手に使うようなことをして済まないです、って何度も言っていましたね。おまけに、向井くんが今日の逮捕にも朝比奈くんを連れていくつもりだったことも事前にわたしに教えてくれましたよ」

蜂須賀補佐は淡々と言った。

「はい……」

向井は下を向いた。

「彼はそんなことは絶対にやめさせるって言ってたんだが、わたしは承諾しました」

向井の顔を見ながら蜂須賀補佐は明るい声を出した。

「恒岡補佐から聞きました」

向井が肩を落とす。

「優秀な鑑識は現場のことを知っておかなければならないと思っていますから。朝比奈くんの勉強にはなると思いましたよ。機鑑隊は逮捕には立ち会えないのがふつうです」

さらっと蜂須賀補佐は言った。

「ありがとうございました」

蜂須賀補佐は自分を教育するつもりで、今日の逮捕も許していた。胸が震える思いだった。

「しかしね、わたしや池田くんに黙って今回のことに参加したのはルール違反です。今後はこんなことは許しませんよ」

蜂須賀補佐は小雪と向井の顔を交互に見て厳しい声を出した。

「申し訳ありません」

小雪は身が縮まる気持ちだった、

「二度とこのようなことは致しません。必ず蜂須賀補佐にお伺いを立てます」

こわばった声で向井は答えた。

「ところで、朝比奈くん。平塚のバーでの捜査を経験しての感想を聞かせてください」

明るい声に戻って蜂須賀補佐は尋ねた。

「刑事警察はああして身を偽って犯人の油断を誘い、逮捕につながる情報を得ることが必要な場合もあるのか……その実際を経験して驚きの一語でした」

あのときに強く感じたことを小雪はそのまま口にした。

「刑事警察は厳しいのです。では、今日の逮捕ではなにを感じましたか」

小雪の目を見ながら蜂須賀補佐は訊いた。

「逮捕はとにかく慎重さが要求されると痛感しました。若尾がベランダから飛び降りないように、ベランダ付近に捜査員を配置してあることにいたく感じ入りました。ほかにもたとえば玄関前の捜査員の人たちの配置も完璧でした。あそこで若尾が暴れて誰かを傷つけようとしても必ず身体を抑制できる態勢だと思いました」

さっきの緊張感に満ちた捜査員たちの態度を思い出しながら小雪は答えた。

「いい観察眼ですね。そうしてすべての体験から学んでいきなさい」

あたたかい声で蜂須賀補佐は諭した。

「はい」

小雪は言葉に力を込めた。

自分を育てようとしてくれている蜂須賀補佐の気持ちに、少しでも応えられるように日々をすごしていこうと小雪は心に誓った。

「さて、わたしは朝食を食べていないんです。江の島にはこんな時間から食事をさせる場所はありますかね」

蜂須賀補佐は、小雪に顔を向けて訊いた。

「はい、何軒かはもう食事できます」

元気よく小雪は答えた。

「サザエの壺焼きなんかが食べたいんですがね」

明るい声で蜂須賀補佐は言った。

「わたしについてきてください」

小雪は弾む声で答えた。

「それでは、わたしは本部に戻ります。失礼します」

深く一礼すると、向井は覆面パトカーに戻った。

青銅の鳥居をくぐりながら、小雪の目は潤んでいた。

鳴き声を上げながら、三毛の野良猫が足もとにすり寄ってきた。

よく晴れた空には数羽のカモメが飛び交っている。

弁財天商店街にはたくさんの観光客がそぞろ歩いている。

いつもの景色が今朝はすべて輝いて見えた。

「食べ物屋に土産物屋、さらには旅館ですか……なかなかゆかしき景色ですね」

まわりを眺めながらやんわりと蜂須賀補佐が言った。

「はい、わたしの自慢のふるさとです」

小雪は胸を張った。

蜂須賀補佐の横を歩きながら、機鑑隊で働く幸せを小雪はゆっくりと噛みしめていた。

江の島は今日もさわやかに晴れていた。

この作品は徳間文庫のために書下されました。
なお本作品はフィクションであり実在の個人・団体などとは一切関係がありません。

徳間文庫

湘南機動鑑識隊　朝比奈小雪

2025年4月15日　初刷

著者　鳴神響一

発行者　小宮英行

発行所　株式会社徳間書店

東京都品川区上大崎三-一-一
目黒セントラルスクエア
〒141-8202

電話　編集〇三(五四〇三)四三四九
販売〇四九(二九三)五五二一

振替　〇〇一四〇-〇-四四三九二

印刷
製本　中央精版印刷株式会社

ISBN978-4-19-895019-4　(乱丁、落丁本はお取りかえいたします)